講談社文庫

秘められた伝言(上)

ロバート・ゴダード|加地美知子 訳

講談社

目次

秘められた伝言（上）

秘められた伝言(上)

●主な登場人物〈秘められた伝言〉

ランス・ブラッドリー　本編の主人公
ループ・オールダー　ランスの幼馴染み
ウィニフレッド　ループの上の姉
ミルドレッド　ループの下の姉
ハワード　ループの兄
ジョージ　ループたちの父、'63年に事故死
ピーター・ドルトン　'63年に自殺した男
レス　パブ〈ウィートシーフ〉店主
エコー・ベイトマン　ループの部屋の下宿人
カール・マドロン　パブ〈ポール・スター〉の男
チャーリー・ホア　ロンドンの海運会社社員
フィリップ・ジャーヴィス　秘密調査会社代表
橋本清文　ループを捜してロンドンへ来た男
治子　橋本の姪
真弓　治子の母、橋本の姉
スティーヴン・タウンリー　大列車強盗の黒幕？
ローザ　タウンリーの妻
エリック（エーリヒ）　タウンリー夫妻の息子
ゴードン・レジスター　タウンリーの義理の息子
クライド　タウンリーの孫、ゴードンの息子
マリス　クライドのガールフレンド
ヒルデ・フォス　ローザの友人
山沢敏茂　東京の海運会社社員
山沢晋太郎　敏茂の弟
ミラー・ラウドン　京都在住のアメリカ人
ヴェントレス　プロの殺し屋

サマセット

1

その日はぼくにとって、ほかの日となんら変わりなく始まった。朝遅くにのろのろと。最初はカーテンをすっかりあけなかった。溢れるほどの日射しがまぶしすぎて、シャワーを浴び、強いコーヒーをどっさり胃に流しこんでからでなければ、まともに太陽に向き合えそうもなかった。そろそろ十月も終わりなのに、どうしてこんなに明るいんだろう。もっと薄暗い天候なら、ドアマットの上に散らばっている請求書もそんなに目立たないだろうに。それに、顔を剃りながらついしげしげと眺めてしまう、この目の下のくまだって。

あと数週間で三十七歳の誕生日を迎えるが、これが四十五歳の男なら、そんなにひどい顔つきでもないのだが。要するに、ぼくにはもっときびしい自己管理が必要だった。それとも、ぼくのためにそれをしてくれる人を見つけることが。けれども、そんなことは起こりそうになかった。千年紀の変わり目でさえ、改善しようという決心を魔法のようにぼくから引きだせないのなら、何がそうできるだろう？

もっと心地よい暮らしをすることにあまり関心がないのが、つねにぼくにとっての問題だった。

　ベーコンのサンドイッチと清潔なTシャツが、その朝、ぼくをまずまずの気分にさせるに充分だった。フラットを出て、マグダレン・ストリートへ新聞を買いにいった。聖堂の駐車場はすでにいっぱいだった。今は中間休暇なんだろうか？　そう思わせるだけの子どもたちがあたりに群がっていた。彼らの一人が友達に向かってものすごい金切り声で叫びながら、ローラースケートでぼくの横をさっと滑り抜けるという芸当をやってのけたので、ぼくは驚いて飛び上がり、それが彼をひどく喜ばせた。

　しかしながら、正午数分まえの〈ウィートシーフ〉のバーは、ありがたいことに子どものいない静かな場所だった。おまけに、ここは薄暗い。このパブでこのまえ催された仮装会のモンタージュ写真の下の、ぼくがいつもすわるスツールにそっと腰をおろし、元気回復のためのカールスバーグ・スペシャルをかたむけながら、チェプストーとレッドカーで開催される午後の競馬の勝ち馬を選ぶ予行演習として、短時間でやれるクロスワードに専念した。

　店主のレスはポンプを磨いたり、酒分量器を点検したりしながら、のんびりその日の準備をしていた。ほかには、レグとシドという、あまり喋らない年寄りの常連が二人いるだけだった。静かで平穏で安全で普段とまったく変わらず、そこには記憶に残るようなことは何もなかった。

　だが、ぼくはそのときの様子をはっきり憶えている。細かなことまですべて。なぜならそれが、ぼくの人生が静かで平穏で安全だった最後のときだったから。パブのドアがまさに開かれようとしていた。そして、普段どおりの正常な人生が窓からするりと抜けだそうとしていた。

もちろん、ぼくはそんなことは知らなかった。考えてもいなかった。それはたまたま降りかかった出来事だった。運命だとか、宿命だとか、重大な意味のあることだとか、そんなふうには感じなかった。だが、そうだったのだ。そうだ、それは明らかに運命的な瞬間だった。

入ってきた女性を最初に見たとき、彼女を見分けられなかった。ウィニフレッド・オールダーなら六十歳ぐらいのはずだが、ぼくと同じように、年齢よりも老けて見えた。痩せてやつれていて、鉄灰色の髪は短くてぎざぎざだ——研ぐ必要のある鈍い鋏《はさみ》で、自分で切ったように見える。化粧っけはなかった。高い頬骨にひろがる赤い斑点は、頬が紅潮しているのではなく、風やけだった。化粧は彼女の服装には釣り合わなかっただろう——粗末な灰色のセーターと茶色の脛《すね》までの丈のスカートに、泥で汚れたゴム引きの防水外套。彼女の正体を明かしているのは靴だった。一九八〇年ごろのクラークス・シューズ社の靴で、人気のないカラーだったために値引きになった品だ。もともとは紫色だった靴が、今は色褪せて、くすんだ藤色になっている。それが昔の思い出に結びついていた。彼女はウィニフレッドにちがいない。

もちろん、彼女の妹という可能性もあった。ミルドレッドは同じ母親から生まれた娘で、彼女より二歳年下だったが、彼女たちの人生のこの段階になれば、見分けられるほどの違いはなさそうだ。だが、二つの可能性のあいだで迷ったとき、ウィニフレッドのまともに見据えるきびしい眼差しが、ぼくの迷いをふっきった。ミルドレッドの眼差しはいつももっとおずおずしていた。

「雨よけに入ってきたのかね、あんた?」レスが細長い首筋にきらきらした日射しを浴びながら、彼女ににやにやした。

「ぼくを捜してるのかな、ウィン?」ぼくは口をはさんだ。それ以外、彼女がこんなところへやってくる理由はなさそうだった。レモン入りのポートワインを飲むために立ち寄ったとは思えない。

「あなたの住まいの階下にあるカフェで訊いたら、あなたはここにいるだろうとウェイトレスが教えてくれたの」ウィンはそう答えて、おそるおそる二歩、ぼくのほうへ足を進めた。

「まぐれ当たりだな」

「けど、そいつは賭けてもいいいってやつだよ」レスが横から口をだした。

「何か飲むかい?」思いきってそう訊いた。

「あなたとちょっと話をしたいの」

「ここで話してもいいんだよ」レスが言った。「ただし、ダンスの認可はとってないからね。それは承知しといてもらわなくちゃ」

「内密の話なのよ」

「心配いらないって。おれは口が堅いんで有名なんだ。それに、レグとシドは補聴器を切ってるから」

ウィンの眼差しはすこしもやわらがなかった。事実、その眼差しは彼女の舌より雄弁だった。「庭に出られるよ」ぼくは提案した。「ビアガーデンがあいてるんなら」

「ああ、あいてるよ」レスが応じた。「飲み物を持っていこうか？」

「どんな飲み物？」

「うむ、あんたはもうじきお代わりがいるだろう。それに、そのレディには……？」

ウィンは彼のほうを振り返ってから、バーに目を走らせた。並んでいる酒の瓶は明らかに彼女には不可解なものだった。「リンゴ酒をすこし」やっと彼女はそう告げた。「泡の立たないやつを」

そこへ出るドアがロックされてないという意味では、ビアガーデンはあいていた。だがそこは実際には、洗濯物を干してあるロープで仕切られた裏庭の一画で、六枚のテーブルマットの重みで垂れ下がったロープの片側に、二つの錆びたテーブルが置いてあるだけの狭い場所だった。

「もっとひどいときだってあるんだよ」ぼくは言った。「すくなくとも今日は、レスが下着を洗う日じゃないようだ」

　まるでこっちが外国語でも喋っているかのように、ウィンはぼくを見つめたまま、すわろうとしなかった。「ループから便りはあった？」彼女はだしぬけにそう訊いた。

「ループから？　いいや、ぼくは……」ルーパートは彼女の末の弟だ。二十歳以上も年が離れていて、彼の両親にすれば、ループはいわば追加の子どもだった。事実、彼はぼくより数ヵ月若い。ぼくたちは小学校のころから、大学時代や二人ともロンドンで働いていた時期までずっと、長年にわたる友達だった。だが、最近はあまり彼に会っていない。対照的な運命をたどっているからといって、親友の仲が割《さ》かれるべきではないし、割かれない場合だってあるだろう。だが、ぼくたちは割かれた。彼がどんどん出世していく一方で、ぼくはべつの道を歩んだ。その証拠に、ぼくは今こうして空き箱や空き瓶といっしょに、レスのいわゆるビアガーデンにいるのにたいして、ループのほうは……そうだ、ループがどうかしたんだろうか？「長らく彼とは連絡をとってないよ、ウィン」

「いつから？」

「そうだな……二年になるかな。なにしろ、あっというまに――」

「時は過ぎていくのだ、楽しく暮らしていれば」レスが途中から割りこんだ。ラストオーダーを復唱するときに彼が響かせるバリトンが、裏庭の塀からこっちへはね返ってきた。彼はぼくたちのあいだのテーブルに、ぼくには瓶を、ウィンには濁ったリンゴ酒のグラスを置いた。

「ありがとう、レス」

「このマット、取りこんでほしいかね？」

「いや、いい」

「造作もないことだよ」

「いい」

「よし、わかった。お好きなように」彼は芝居がかった身振りで去っていった。

ぼくは腰をおろし、ウィンにもべつの椅子を押しやった。彼女はしぶしぶといった様子で椅子の端に腰を落とし、それまでぼくが目にとめていなかった紐で編んだバッグを膝のあいだにはさんで居心地悪げにすわった。「彼から……便りがあったかもしれないと……そう願ってたんだけど」彼女は口ごもりながら言った。

「そっちへはないの？」

「ええ。間接的にも……ないのよ」

〝間接的〟というのがどういう意味なのかはっきりしなかった。ループの家族は人付き合いを避け、孤立した生活を送っていた。ぼくが最初に彼らを知ったときには、彼の父親はすでに亡くなっていたが、母親は元気だった。ストリートの行きどまりに位置する、アイヴィソーン・ヒルのふもとのホッパー・レーンに彼らは住んでいる。彼らのがたがたの家、ペンフリスは、以前は農場だったけれど、オールダーのおやじさんが亡くなったあと、彼らは家畜――つまり、牛――と、畑のほとんどを売らねばならなくなった。そこは今でも農場のように見える、というか、ぼくが最後に見たときにはそうだった。ループはそれよりずっと以前にそこから逃げだしていた。ぼくの知るかぎり、彼が最後にストリートへ戻ってきたのは、一九九五年の彼の母親の葬儀のときだった。それ以後もずっと、ウィニフレッドとミルドレッドと、彼女たちのもう一人の弟である、気の毒な知能の劣ったハワードの三人は、働きもせず、おたがい以外とはほとんど交流もなく、世間との接触を保つための電話さえ引かずにペンフリスで暮らしている。じつを言うと、ループがどんな方法で彼らと連絡をとっていたのか――明らかに彼はとっていたようだ――ぼくには見当もつかなかった。きっと手紙で連絡を取っていたにちがいない、ロンドンから、あるいは仕事でどこへ行こうが、そこから。

「あるはずなのよね、彼から連絡が」

「どれぐらいになるの……このまえ連絡があってから？」

「二ヵ月以上になるわ」

「彼に手紙はだしたの？」

「ええ、もちろん。だしたわ。でも、返事はこない」

「電話は？」（ともかく、公衆電話はあるんだから）

「同じことよ。電話にでないの。彼の声が……なんと呼ぶのか知らないけど、応えるだけ」

「留守番電話だね」

「ええ。それでしょう」彼女は言葉を切ってリンゴ酒を飲んだが、一気にグラスの半分をごくごく飲み、手の甲で口を拭った。「だから、このままにしとくわけにはいかないでしょう？」

「彼は海外へ行ってるんだろう。もうすぐ連絡があるさ」

「何かおかしいわ」

「そうは思わないけど」

「誰かがロンドンへ行って、様子を見てこなければ」

誰かが。ようやくウィンがグラストンベリーへやってきた理由が呑みこめてきた。けれども、それはぼくにとってあまりありがたくなさそうだった。ぼくは用件を抑えこんでしまおうとした。「いつ行くつもりなんだい？」

「わたしが？　ロンドンへ？　生まれてから一度も行ったことないのよ」

「一度もないの？」およそばかげた質問だった。ウィニフレッド・オールダーがロンドンへ行ったことがあるなんて、ぼくは本気で考えたのか？　日曜学校でウェストン・スーパー・メアまで行ったのが、おそらく彼女のこの世における旅の限界だったろう。「それなら、あなたにとって新しい経験になるだろうね」

「わたしたちはあなたに行ってほしいのよ」

「ええっ、よしてくれよ。ぼくはむり……」

「何もかもうっちゃって、行ってきてくれない？」

「彼はあなたの弟だよ」

「あなたの友達でもあるわ」

「それでも……」

「行ってくれないの？」

ぼくは肩をすくめた。「そんな必要があるとは思えないよ。それじゃまるで——」

「必要があるのよ」

「ねえ、どうして……もうちょっとこのまま待っていられないんだい？」

「もう充分に待ったわ」

「心配するようなことがあるとは思えないよ」

「どうしてわかるの？」

「あなたはどうしてわかるんだい？」

ウィンは目を怒《いか》らせてぼくをにらんだ。またごくごくとリンゴ酒を飲んでから、ふたたび口を開いた。「彼はあなたの命を救ったわ」

「ああ。たしかに」それは事実だった。だがべつの意味では、ぼくの命を危険にさらしたのは彼だったとも言えるだろう。それでも、事実は事実だ。ルーパート・オールダーがいなければ、ぼくは現在こうして人類の大闘争に加わることはできなかっただろう。「でも、彼の命が危険にさらされてるわけじゃない」

「さらされてるかもしれないわ」

「そう考える理由はないよ」

「ランスロット……」

　白状すると、誰かにフルネームで呼ばれると、ぼくはぎょっとするのだ。誰もがぼくをランスと呼んでいる。そしてほぼ全員が、それがぼくの洗礼名だと思っている。本当にそうだったらどんなにいいだろう。けれども、ウィニフレッド・オールダーにはそうはいかなかった。彼女は愛称を好まないタイプだ。たしかに彼女は妹をミルと呼んでいる。とはいえ、ミルは特別な例だ。ループはどんなときにもルーパートだし、ぼくはどんなときにもランスロットなのだ。

「彼はわたしたちにお金を送ってくれてるの」彼女はぼくのほうに体を寄せて小声で告げた。「わたしたちはそれで暮らしてるのよ」

「受けてないの……社会保障は？」彼女のちょっと軽蔑するような眼差しを読みとって、受けていないのだと推測した。彼らはそれを施しと呼ぶのだろう。彼らは世間とは関わりを持ちたくないと考えている、世間の慈善とも。だがそれでも、生きていかねばならないのだ。

「そんなこと、ぼくに話す必要はないよ、ウィン」

「彼からの送金がとまったの」

「とまった？」

「八月の末からまったくないのよ」

「なるほど」

「彼がわたしたちにそんなことをするはずがない」

「ああ。ぼくもそう思う」

「行ってくれる？」彼女はぼくをじっと見た。自分では懇願している目つきのつもりらしい。「そうしてくれたら、ありがたいんだけど、ランスロット」

「彼の会社の人たちとは連絡をとったの？」

「あっちは、彼は辞めたと言うのよ。〝会社を辞めた〟と。それが彼らから聞きだせたすべてだったわ。そして、それだけ聞くのに財布いっぱいのコインを使ってしまった。電話をかけてた時間のほとんどは……音楽を聴かされただけだった」

とたんに彼女が気の毒になった。ふいに心のなかで彼女の姿が見えたのだ。ようやくつながった電話で、コンピューターで処理されているシステムを理解しようとしながら、電話ボックスで財布をまさぐっている彼女の姿が。「ぼくが電話するよ。どうなってるのか確かめてみよう」

「あそこまで出かけていく必要があるわ。それが唯一の方法よ」

「ともかく電話してみるよ、ウィン。きょうの午後。はぐらかされたりしないさ、だいじょうぶだ。それでだめなら……」

「行ってくれる？」

「たぶん。でも、そんな必要はないと思うけど」

「あるわよ。何かおかしい。わたしにはわかるのよ」

「まあ、もうちょっと待ってみよう」

「きょうの午後と言ったわね？」

「ああ、かならず」

「あなたがそれを……ラガーを飲みすぎて……忘れてしまわなければね」

「そんなことはないよ」ぼくはおずおずした微笑を彼女に向けた。「忘れたりしないさ」

「ご両親のところへ行って、あなたの住所を教えてもらわなければならなかったわ」その言葉で会話がすこし明るくなったと言っていい。「お二人ともお元気そうだった」

「ああ、おふくろもおやじもけっこう体調はよさそうだ」

「お父さんがあなたによろしく言ってくれとおっしゃったわ」

「おやじが？」

「妙な気がしたわ。あなたはもっとちょくちょくご両親と会わなければ。こんなに近くに住んでるんだから」

「そいつは彼のユーモア感覚なんだよ、ウィン」無理してにやりとしてみせた。「ぼくのユーモア感覚もそれを受け継いでるのさ」

その日の進み具合は明らかにぼくが予想したものとはちがっていた。そしてそのあと、さらなるありがたくない展開が待ち受けていた。帰っていくウィンをバス停まで見送ってから〈ウィートシーフ〉のバーへまっすぐに戻ったが、レスの目のいたずらっぽいきらめきが悪ふざけを警告した。

「ランスロットだって？」

「なんだよ？」

「ランスはランスロットの愛称なのか。考えたこともなかったよ」

ぼくはゆっくり息を吸いこんだ。「おれたちは内密の話をするために庭へ行ったんだよ」

「女性トイレに石けんがあるか確かめに行ったんだ。あんたの友達が化粧したいかもしれんと思ってな。そしたら、たまたま窓があいてて、それで……」

「石けんがあるか確かめるのに何分かかるんだよ？」

「念入りな仕事をやったもんでね」

「そうだろうとも」

「ところで、あんたのおやじさんにはユーモアのセンスがあると言ってたね。たしかにランスロットがそれを証明してると思うよ」

「へえ、そうかい？」

「で、そのループというのは誰なんだね？」レスは酒場の主人にふさわしいフォールスタッフ（シェイクスピアの作品に出てくる大兵肥満の騎士で、陽気で頓知があって、ずぼらな喜劇的人物）的風貌には欠けるのに、すすんで聴罪師の役割を演じたがるのだ。「あんたがその男のことを話したのは聞いたことないが」

「おれの友達だよ。おれにも何人かは友達がいるからね」

「残念だな、あんたが彼らをここへ連れてこないのは。彼はあのレインコートの女性とはどういう関係なんだ？」

「弟だ。彼とおれはストリートでいっしょに学校へ行った」

「ミルフィールドだったんだろう？」

「おれたちはストリートで生まれて育ったんだよ、レス。学校はクリスピンだった、ほかのみんなと同じように」

「どうして彼があんたの命を救うことになったんだ？」

「洞窟探検での事故だったのさ」

「あんたが洞窟探検？」

「昔のことだよ」

「何があったんだ？」

「そんなことが重要なのか？」

「おれの常連客の背景を知ることは、いつの場合にも重要だよ」

「なぜだかわからんな」しかし、その話を聞きだすまで彼が安心できないことはよくわかっていた。


あれは一九八五年の夏のことだ。ループはメンディプスの洞窟探検にいっしょに行こうとぼくを説得した。彼は洞窟探検クラブのメンバーだったが、他のメンバーとはそりが合わず、単独で探検に行くほうがいいと考えた。それでぼくを誘い、それは危険な冒険に聞こえるが、そんなことはないのだと請け合った。ところが二人で地下に潜ったとたん、本当は聞いていたより数倍も危険なことだとぼくは感じた。水浸しの洞窟のなかの、水面と低い天井のあいだに貴重な空間がごくわずかしかない箇所を、二度潜りながらどうにか通り抜けたことがぼくをひどく怯えさせた。そのあと、かなり先へ進んでから、ループは、おそらく地表に雨が降っているために水位が上がっている徴候に気づいたのだった。そのときになってはじめて、天気予報が豪雨に見舞われる〝かもしれない〟と警告していたことを彼は打ち明けた。ループはこのまま先へ進んで、水が引くのを待つことができる避難所へ登るほうが安全だろうと言ったが、その提案は当然、ぼくの気に入らなかった。ぼくたちは引き返すことにした。外気のほうがはるかにぼくには魅力的だったのだ。そこで、ぼくたちは戻りはじめたが、ぼくのほうは必死で足を急がせた。

　それがぼくの失敗の原因だった。必要な道具はすべて——ロープ、ハーネス、ランプ、カラビナ——ループが持っていたし、その使い方も彼が知っていた。ぼくが彼の指示に従ってさえいたら、問題はなかっただろう。だが、ぼくは寒かったし、びしょ濡れだったし、怯えていた——とりわけ怯えていた。とにかく早く外へ出たかった。だが外へ出るには、縄ばしごを使ってほぼ垂直な斜面を登っていかねばならなかった。ループが先に登ったが、ぼくが彼のあとから登りはじめたときには、彼はぼくが摑《つか》むための安全綱をまだ支柱に結び終えていなかった。途中でぼくは滑り落ちた。

「どうなったんだ？」話がこのあたりにさしかかると、レスはしきりに先を促すようになった。

「転落したよ」

「どれぐらい？」

「けっこう落ちた。おれがちゃんと待たなかったために、ロープはかなりゆるんでたから。底にぶつかったよ」レスは体をすくめた。「片方の足首が折れた。それに肋骨《ろっこつ》も数本。あれは勧められないね」

「苦しかったろう？」

「ここの赤のハウスワインで二日酔いになったときよりひどかった」

レスはぼくの悪ふざけを無視した。すっかり話に引きこまれていて、気にとまらなかったようだ。「ループは助けを呼びにいったのか?」

ぼくは微笑した。「すぐには行かなかった」

「どうしてだよ、いったい?」

「水が押し寄せてくるとわかったからだ。おれをそのままにしといたら、救助隊が到着するよりずっとまえに、おれが溺《おぼ》れてしまうと彼は気づいた」

「それなら、彼はどうしたんだ?」

「もっと高いところまでおれを引っぱり上げたよ」

「それは容易なことじゃなかっただろうな」

「ああ。だが彼はやってくれた。そのあいだじゅう、おれはほとんど自力では動けないお荷物同然だったんだが。しかし、ともかくおれたちはやり遂げた。彼はおれをサバイバルバッグに入れて増水がとまるまで待ち、さらに水が引きはじめるまでもうすこし待ってから助けを呼びに行った。もちろん、そのときには天井の低い箇所はまだ天井まで水に浸かっていて、その部分はさっきより長く伸びていた。そこを潜っていくのはかなり怖ろしかったにちがいない。救助隊がおれを連れだすためにやってきたときには、彼らは酸素を持っていたが、ループには彼自身の判断しかなかった。おれにとって幸運なことに、彼はすぐれた判断力の持ち主だった」

「とはいっても、ひとつ間違えば、不運なことになりかねなかったな」

「そのとおりだ。だからおれはそれ以来、地下には行けないんだ。地下鉄でさえだめだ」

「冗談だろう」

「ほんとだよ。ロンドンに住んでたころは、いつもバスで充分間に合った。あんたの地下室へ行っても、おれは不安になるだろうよ」

「そのことなら心配いらない」レスはふいにまじめな顔になった。「そんなとこへ下りてく通路なんかありゃしないよ」


レスはそのころには、ぼくより熱心にどうなっているのか突きとめたいと思っていて、ループの会社へ電話をするのなら、ここの電話を使ったらいいと勧めたが、ぼくは必要な電話番号を持っていないからと断った（たまたまそれは本当のことだった）。フラットへ戻ってそれを探しだしたが、ちょっと居眠りをすることにしたところ、一時間か、それ以上もぐっすり眠ってしまった。思いがけない訪問に見舞われたり、トラウマになっている記憶を思い起こしたりするのは、心底、疲れるものなのだ。四時半ごろになって、ようやく電話をかけた。

ウィンと同じ結果だった。ループの家の電話には留守番電話。ユリビア・シッピング・カンパニーの人事部からは、言葉遣いはていねいだったものの、まったく役に立たない返答。「ミスター・オールダーはもうわたしどもの社員ではございません」いつ彼は会社を辞めたのですか？「申し上げかねます」彼は現在はどこに勤めているのですか？「それについては存じません」どうすれば彼を見つけられるんですか？「わかりかねます」何もわからなくて残念です。「お電話ありがとうございました」

けれども、ぼくにはウィンにはない情報源があった。（それがなければ、まったく絶望的な状況だっただろう）サイモン・ヤードリーは大学でループやぼくといっしょだった。彼はマーチャント・バンクの業務で重要な地位についていた——というか、すくなくとも充分な報酬を得ていた。ぼくたちが三人ともロンドンで働いていたころには、ときどき三人で会って飲んだものだ。ぼくがそこから抜けてしまったあとも、ループと彼が会いつづけていたのはかなり確実だった。まだ彼の電話番号を控えてあったから、そこへ電話した。マーチャント・バンクの行員が帰宅しているには早すぎる時間だったが、彼の留守番電話に入っているメッセージが、彼の携帯電話にかけてみるように告げた。ループとちがって、サイモンは連絡がつかない状態は望ましくないのだ。彼につながった。

「ハイ」

「サイモンだね。ランス・ブラッドリーだ」

「誰だって？」

「ランス・ブラッドリー」

「おう、ランスか。ほう、これは……元気かね？」

「元気だ。きみは？」

「最高だよ。それにめちゃめちゃ忙しい。あのね、電話、べつのときにしてくれないか？今は――」

「ループのことなんだよ、サイモン。ルーパート・オールダー。彼がつかまらないようなんだ」

「彼の電話番号がわからないのか？」

「電話には出ないんだ」

「彼のオフィスへかけてみろ。ユリビア・シッピングへ」

「彼は会社を辞めた」

「本当か？」

「彼の携帯の番号、知ってる？」

「聞いてないと思うな。ユリビアを辞めた、と言ったね？　どこかへ移ろうと考えてるなんて、仄《ほの》めかしたことはなかったがな」

「じゃあ、最近も彼に会ってるのか？」

「いや、じつのところは会ってない。きみの言ってる、今もという意味では。悪いな、ランス。でも、ぼくには手がかりはないよ。それに、ぼくは走らなきゃならないんだ――つまり、比喩的にだがね。今度街に出てくるときには、電話してくれよ。チャオ」

チャオ？　それはサイモン用語に新たに加わった言葉だが、かならずしも耳に快くない。どうして彼が当然のように、ぼくはロンドンにはいないと推測したのか不思議だ。もちろん、彼の推測は正しい。ちくしょう、あいつ。だが街へ出ていくのも、そんなに先のことではなさそうだ。むだな電話を数本かけるだけでなく、それ以上のことをやらないかぎり、ウィンはぼくの良心をつつくのをやめないだろう。

だが、待てよ。電話をむだにせずにすむかもしれない。ぼくはもう一度ループに電話をかけて、至急、電話をくれというメッセージを留守電に入れた。念のため、連絡先の〈ウィートシーフ〉の電話番号も告げた。何かれっきとした理由があって、彼は家族と話をしたくないのかもしれない。それがぼくの推理だった。おそらく彼はユリビアを解雇されたんだろう。そのことが送金が途絶えた理由を説明する。しかし、彼はぼくと話をするのを避ける必要はないはずだ。彼はぼくになんの負い目もない。ぼくの推理が正しければ、彼はきっと連絡してくるだろう。

電話はなかった。

2

ぼくは運をあまり信じたことはない。それはどんなにいいときでも、当てにならない摑みにくいものだ。ぼくが富くじではなく競馬に賭けるのはそれが理由だ。自分なりに考えて幸運を摑めるところが気に入っている。単なる運で勝つことは、同じぐらい簡単に負けることにつながる。

ぼくのストレスのない、だが成功にはほど遠いグラストンベリーでの暮らし。九〇年代はじめの不景気のあいだに、いい仕事も美しい女も過剰抵当に入ったロンドンの家も失ったあと、ほんの一時しのぎにストリートの両親の家に身を寄せた。そのときにリアと出会い、ロンドンへ戻るかわりに、グラストンベリーのハイ・ストリートのフラットで彼女といっしょに暮らすことになり、ニューエイジの線香やケルト族の小さな飾り物を売る彼女の店〈シークレット・ヴァレー〉の経営を手伝った。そのあと、リアはぼくもろとも店を放りだして、ダーモットという人種の、ケルト族の女たらしといっしょにアイルランドへ行ってしまった。〈シークレット・ヴァレー〉は〈ティファン・カフェ〉になったが、ぼくには……ほかに行く場所はなかった。

じかに調べたほうがいいと考える根拠はいくつもあったから、ループの複雑な状況に探りを入れるためには、ロンドンまで出かけていくべきだと思われた。その思いは行方不明の友人を捜すうちに、自然にぼくの分析的思考のなかに芽生えていた。行くことになると予想したわけではなかったが、その可能性は意識していた。そこには明らかに、もうひとつの魅力がかさなっていたことは否定できない。つまり、そのときのぼくは変化が必要な状態だったと同時に、ぼく自身が変化を求めていたのではないだろうか？

翌日の午後、進展がなかったことをウィンに報告するためにストリート行きのバスに乗ったときにも（車を持つことはしばらく以前から、リアよりもさらに世間体を気にしなくなったぼくの生活から抜け落ちていた）、まだ答えを決めかねていた。

グラストンベリーは歴史と伝説に埋もれた古い町だ。町の人々はみんなそれを知っているとはいえ、墓場まで持っていく名前として、息子にランスロットとガウェインという名をつけると言い張るほど、アーサー王伝説に魅せられた男を父に持ったおかげで、ぼくは誰にも負けないぐらい言い伝えに精通している。妹には母が命名することを許されたので、彼女は幸運にもダイアン・パトリシアという平凡な名前になった。バスで行く短い道のりのあいだに、アリマタヤのヨセフ（富裕なユダヤ議会の議員で、キリストの死体を引きとり手厚く葬った。中世伝説では、聖杯をイギリスへ運んだとされている）がそこに上陸したと考えられている（当時はサマセットのほとんどが海面下にあった）ウェアリオール・ヒルを過ぎ、死にかけているアーサー王が、そこからエクスキャリバーを湖に投げこむようベディヴィア卿に命じたと伝えられている、ポンズ・ペリリス遺跡にかかるポンパーリーズ・ブリッジを渡った。（ぼく自身はつねにベディヴィア卿の味方だった。暗黒時代が不気味に立ちはだかり、製錬技術が急速に落ちこみかけているときに、エクスキャリバーのような名剣を投げ捨てるなど、まったく理に叶わぬことではないか）

グラストンベリーとは対照的に、ストリートには明らかに伝説が乏しい。生真面目なクエーカー教徒であるクラーク一族はもっと実用的なものに関心があった。靴というのはもっとも実用的なものと言っていいだろう。すくなくともクラークスの靴はずっとそうだった。ぼくの父は五十年ちかくクラークスで働いた。同世代のストリートの男たちのほとんどが、それに女たちの半分が、そうだった。ぼくがロンドンから戻ってきたころには、状況はすっかり変わっていた。靴の製造はポルトガルに移り、工場は〝生産価格で有名ブランド〟を提供するショッピングセンターになっていた。もちろん、そこで働ける仕事もあったけれど、ウィニフレッドとミルドレッドのオールダー姉妹や、彼女たちの知能の遅れた弟、ハワードのような人々が雇ってもらえる仕事はなかった。それ以後、彼らは逼迫した暮らしをしているのだと考えていたが、今になって知ったところでは、ループがずっと彼らを支えてきたらしい。彼らはつましく暮らしているとはいえ、それはループにとってかならずしも容易なことではなかっただろう。

彼らが実際にどんな暮らしをしているのか、ぼくはもうすぐ自分の目ではっきり見ることになるのだ。だがそのまえに、ぼく自身の過去のさまざまなつまらない断片をかきわけながら、足を運んでいかねばならなかった。〈リヴィング・ホームズ家具店〉（そこはぼくには、昔のストリート小学校として馴染みがあった）の向かいでハイ・ストリートからそれ、南に向かった。すぐにアイヴィソーン・ロードに出たが、ガストン・クローズ八番地でその道から折れたとたん、ぼくは一九六三年十一月のある金曜日へとこの世を逆戻りしていた。そのころは土地のずっと西のほうまで、まだ果樹園と畑だった。ペンフリスは当時は田園のなかにあったのだ。今では町は徐々にその周辺へひろがっていた。ぼくの両親はそのあらたにひろがった住宅地のなかの、七〇年代に建った小さな平屋に引っ越した。だが、オールダー家はどこへも移らなかった。彼らが代々住みつづけた家でそのまま暮らしているあいだに、彼らの周囲の世界は変わっていった。

ホッパー・レーンは相変わらず田舎の側道のような外見を執拗《しつよう》に保っていた。サマートン・ロードの端には近代的な家が建っていたが、道の途中からは、繁りすぎた樹木におおわれた果樹園や、雑草がびっしりはびこった農地や、崩れたコテージが続いた。足を運ぶにつれ、午後はじっとりと湿り気を帯び、どんよりと翳《かげ》っていくように感じられ、空気には腐ったリンゴや、つぶれてどろどろになった葉っぱや、漂ってくる焚き火の煙のにおいが混じり合った。最初、ペンフリス自体は考えていたほどひどい外見には見えなかった。だがそれは、繁りすぎて林のようになったシャクナゲの陰に家がほぼ完全に隠れていたからだった。論理的には、それはぼくが低木と記憶しているものと同じ植物のはずだったが、その論理に固執するのはむずかしかった。

　ペンフリスが現在の状態で売りにだされるとすれば、写真はつけないで広告をだすよう提言しただろう。写真をつけようものなら、どんな価格をつけられても、それを呑まざるをえないだろう。雨天のときには屋根がコランダー（調理器具の、底に穴があいた濾し器）になってしまうと思われるほど、スレートが欠落していて、屋根の露出部分が不気味にたわんでいる。窓枠のペンキはほとんど剥げ落ちて木がむきだしになっており、数枚の窓ガラスがひび割れている。窓の向こうには、かつてはカーテンだった色褪せたぼろ布が、だらりとわびしげに垂れさがっていた。

　シャクナゲの茂みをよけるためにぐるっとまわって玄関へ行き、ベルを鳴らした。ベルは鳴らなかったから——ここの状態ではべつだん驚くにはあたらなかった——代わりにノッカーを数回、強く打ちつけた。すると、掌にべったり錆がついてしまって拭かねばならなかった。しんと静まりかえったまま数秒が過ぎた。彼らが家にいないとは考えられなかったので、もう一度ノッカーをためそうとしたとき、明らかに誰かに見られていると感じて、ぞっとした。右のほうを振り向くと、表側の張り出し窓からじっとぼくを見ているハワード・オールダーが目に入り、ぎょっとして後ろへ跳びのいた。

「なんだよ、ハワード」ぼくはどなった。「どうしてびっくりさせるんだよ？」彼は聞いていないようで、最後に会って以後、彼の理解力が向上していないのがはっきり見てとれた。ハワードは五十代のはじめだったが、ウィンと同様に、苦労なく気楽に年齢をかさねてきたわけではなさそうだった。髭も剃ってないむさくるしい顔で、薄くなった、つやのない灰色の長い髪が肩に垂れている。ダラム大学の汚れたスエットシャツ（たぶん、ループからもらったのだろう）の上に、すこしよれよれになったグレイのカーディガンを着ていて、その下は、窓枠の上に見えているかぎりでは、褪せたピンクと白の縞のパジャマのズボンのようだ。明らかに男性の新しい秋の装いではなかった。「なかへ入れてくれないか？」

ハワードはしきりに片手で回す仕草をする。ぼくにもようやく、それが何かを意味しているのだとわかった。ドアには掛けがねがかかっていなかった。ぼくはノブを回して、彼にわかったと頷いてから、家のなかに足を踏み入れた。

そこは昔のままで、ぼくが憶えているころとすこしも変わっていないというのが、最初の印象だった。階段へ通じる狭い玄関。片側の壁にかかっている、すごく大きい、すごく古びた晴雨計。その反対側には鏡とコート掛けと傘立てを兼ねた古い家具。カーペットと壁紙さえたしかに昔と同じだった。すぐに、かび臭いにおいが鼻についた。それが決め手だった。何ひとつ変わっていない。荒廃も変化であることをべつにすれば。そして、それこそがペンフリスで進行している事態だった。徐々に加速する荒廃。

居間に入っていくと、さらに同じ光景に出会った。暖炉の前の敷物。ソファーと椅子の三点セット。書き物机。マントルピースの上の時計。額縁のなかでしわが寄っている、壁にかかったコンスタブルの版画。隅に置かれた、スクリーンの幅よりも奥行きのほうがずっと長い時代遅れのテレビ。すべてが定位置に置かれたまま老朽化し、埃がつもっていた。そう、ものすごい埃だった。ミセス・オールダーは近代ふうではなくとも、清潔に家を保っていたが、彼女の子どもたちは明らかに母親とは考えがちがうらしい。それにしても、ハワードはどうしてこんなに髪が白くなってしまったのかと、ぼくは訝《いぶか》しく思わずにいられなかった。

彼が着ているのは本当にパジャマのズボンで、その下の格子縞のスリッパはつま先がすり切れて穴があいている。彼はまだ張り出し窓のところに立ったままで、微笑《ほほえ》もうとしているように見えるが、ハワードの場合は自信をもってそう言い切れなかった。彼の横にある、かつてはハランの鉢が置かれていたテーブルには、たくさんの雑誌がのっていた。近づいてみると、それは彼が愛してやまない、彼の唯一の読み物といっていい雑誌だった。《レールウエイ・ワールド》もちろん、最近のものではなく、英国鉄道委員会の委員長だったビーチングがサマセットとドーセットのあいだの路線を廃止するまえの、ハワードが鉄道に夢中だった六〇年代に出版されたものだ。ループによると（彼は姉たちからそれを聞いたにちがいない）、ハワードはその路線が廃止されたショック――線路が撤去され、機関車が解体され、彼の人生から鉄道が物理的にもぎとられたショック——から立ち直ることができなかった。それらの雑誌を見ることによって、二‐六‐二とか〇‐六‐〇といった機関車が、グラストンベリーから海に向かってヒースの荒野をがたごと走っていた、あの失われた世界へ彼は戻ろうとしているのだ。けれども現在の彼が、子どものころに読んだものについてひと言でも理解できるのかどうか、はっきりとはわからなかった。なぜなら、一九七七年の八月以後、ハワードはぼくの知るかぎり、何も喋ってはいなかったから——つまり、わけのわからない不明瞭な音声と区別できる、ちゃんとした言葉は。

あれは彼がもっとも機関車に熱中していた夏だった。そのころ、彼はまだクラークスで何かの仕事についていた。ループとぼくは十三歳で、自転車で荒野を横切っては、遠くまで魚釣りに出かけていった。だがハワードはオートバイでもっと遠くをうろついていた。そう、彼がどこからそんなことを考えついたのかわからないが（たぶん《レールウェイ・ワールド》に掲載された手紙からだろう）、六〇年代に解体された蒸気機関車の統計には不可解な大穴があり、政府は石油が欠乏したとか、何かそういった緊急事態に備えて、計略的にそれを保存してどこかに隠しているのだという、空想めいた思いこみにハワードはとり憑《つ》かれていた。ループによれば、その統計には実際に大穴があったというのだが、十三歳のころでさえ、彼には陰謀を好む傾向があったことは否《いな》めない。とにかく、鉄道ファンの世界では、それらの行方不明の機関車はウィルトシアのボックス・ヒルの地下の巨大な洞窟に隠されているとの噂がもっぱらだった。ブリストルからロンドンへ行く路線は、そこで英国海軍基地の地下深くを通っていた。ハワードは手がかりを捜して、その地域へ夜間遠征に出かけるようになった。たくさんの機関車《ロコ》を捜す一人の頭のおかしい男《ロコ》と言ってもいい。実際にそのとき、ぼくはまさしくそう言ったかもしれない。ところが、ハワードがなぜか通風孔に転落してしまい、重傷を負って病院に運ばれたとき、それは不愉快な冗談になった。幸運にも彼は死ななかった。回復不能の脳の損傷を幸運と言えるのであれば。どうして彼が通風孔に落ちたのか誰にもわからなかった。たとえ彼が記憶しているとしても——そんなことはなさそうだが——誰にも話すことはできなかった。彼の口は閉ざされた。それにその夜、彼は明らかに犬に咬まれていた——たくさんあったほかの傷とははっきり識別できる、ひどい咬み傷があったのだ。番犬だとループは言った。だがもちろん、それは彼の推測だろう。ぼくとしては、しつけをされている犬が、ハワードのような人間に咬みついたりするとは考えられなかった。

「ランスだよ、ハワード」ぼくは彼ににっこりした。「憶えてるかい？」

　彼は勢いよく頷き、息を吸いこむ音を立てた。憶えているのだとぼくは思った。

「お姉さんたちはどこ？」

　彼はさらに何度か頷いて、家の裏手のほうを指さしてから地面を掘る仕草をすると、唾《つば》をとばしながら笑った。

「庭にいるんだね？　ありがとう。行ってみるよ」

彼は《レールウェイ・ワールド》にまかせ、ぼくは廊下へ出ると台所に向かった。敏感な鼻を持つ者にとっては、ありがたい道順の選択ではなかった。洗ってない鉢や汚れた食器棚のなかで、かなりのものが腐っているようだった。シンクのなかを見ないように注意しながら、流し場を横切って裏のドアから外へ出た。

裏庭は表側よりはましだった。境界の生け垣は伸び放題《ほうだい》だし、わきのほうの果樹園には腰の高さまで雑草が生えているが、野菜畑はちゃんと耕され、手入れがされている。そこにミルドレッド・オールダーがいた。顎をぎゅっと食いしばって力いっぱいニンジンやジャガイモを引き抜いている。彼女は驚くばかりに姉とそっくりだった。姉ほど背筋がぴんと伸びてはいないが。ぼくを目にとめたとき、ウィンならけっして見せなかっただろう狼狽《ろうばい》の色が彼女の瞳に浮かび、ミルは作業の手をとめた。泥で汚れた紺のボイラー・スーツにゴム長靴という身なりだ。熊手の柄にもたれてじっとぼくに目をすえると、まわりの空気に彼女の息がもやになってひろがった。ぼくが誰か彼女にははっきりわかっていると思われるのに、何も言わなかった。しかも、ぼくの訪問もまったく意外なものではないはずなのに。

「ハロー、ミル」彼女のほうへ近づきながら声をかけた。

「ランス」ミルはしかめっ面で応じたが、姉の好むランスロットという呼び名は使わないでくれた。「あなたがくるとは思わなかったわ」

「そう。久しぶりだね」

「何かわかったの？」

「じつを言うと、わからないんだ。ループがつかまらなくて」

「つかまるとは思ってなかったわ」

「ぼくを信用してないの、ミル？」

「そういう意味じゃないの」彼女はかなりあわてた様子だった。日焼けした顔がさっと染まったように見えた。「ほら、ウィンがきたわ」

ウィンがリンゴのいっぱい入ったバケツを持って、果樹園から出てきていた。ミルと同じくゴム長靴をはいて、その上には、前日に見たのと同じスカートとセーターを着ている。（ペンフリスでは衣装だんすはあまり必要な家具ではなさそうだ）「どうだったの？」彼女はそう呼びかけながら、ジャガイモ畑をまわってぼくたちのところへやってきた。

「だめだった。成果なしだ」

「予想どおりということね」

「ああ、ああ、わかってるよ。あなたが言ったとおりだ」

ウィンは妹の肩のところで足をとめ、バケツをどしんと落としてから、例の見通すような眼差しをぼくに向けた。「わざわざ報告にきてくれてありがとう、ランスロット」

「ぼくにできるせめてものことだ」

「それで、それだけしかやってくれないの？」

「いや。ロンドンへ出かけていって、どんな問題があるのか——何かあるとして——確かめたほうがいいと思う」

「何かあるわ」

「だったら、それを見つけよう。あす、行ってくるよ」

「ありがたいわ。わたしたちは心から感謝してるのよ、ねえ、ミル？」

「ええ、そうよ」ミルが応じた。「ほんとにありがとう、ランス」

「彼は引っ越してないよね？　ぼくにわかってる彼の住所はハードラダ・ロードだけど」

（ぼくがロンドンで最後に彼を訪ねたときはスイス・コテージのフラットに住んでいたが、それ以後、彼はテムズ川の南に越していた）

「ハードラダ・ロード十二番地」ウィンが答えた。「それで間違いないわ」

「最後に彼からの連絡があったのは、正確にはいつだったのかな？」

「〝彼からの連絡〟というのが、どういう意味かによるわ」

「そう、手紙かな」

「手紙はもらってないのよ」ミルが言った。

「ルーパートからはこないの」ウィンが横から説明した。「彼は手紙は書かない。お金が……くるだけ」

「どんな方法で送ってくるの？」

「銀行へ直接。でも、全然こないのよ……八月の末から」

「では、最後に彼と話したのはいつ？」

「彼と話した？」

「そうだよ、ウィン。話したのは？」

「母さんが死んだときよ」ミルが答えた。「それ以後はないわ」

その瞬間、姉妹のあいだでちらっと視線が交わされた。だが長年のあいだに、彼女たち相互の意志伝達はみごとにとぎすまされていたし、こちらもその意味を解明したいとは思わなかった。おまけに、ぼくにはほかにも解明したいことが山ほどあった。ループは彼の母親の死後も二、三度、ペンフリスを訪ねた行きか帰りにぼくに会いにやってきた。すくなくともぼくは、彼が実家を訪れるためにこのあたりへやってきたのだと思っていた。彼自身がそう口にしたのかもしれない。はっきり言い切れないが。そうでなければ、彼がここまでやってくる理由があっただろうか？　ぼくと二、三杯、飲むためだけにやってきたはずはない。それはたしかだった。その考えが次の疑問へと導いた。何が起こっていたにせよ、それはいつ始まったのだろう？

「ルーパートは仕事がすごく忙しいのよ」ウィンは何か説明が必要だと思ったらしく（それは正しい判断だった）、そう言った。しかし、彼女が言ったことはあまり説明になっていなかった。「だから、わたしたちはしじゅう彼に会えるとは期待してないの」だが、彼が送ってくる金は期待していた。これは結局、そういう問題なのか？　彼らの貧しい暮らしを支える金。ニンジンやジャガイモといっしょに供される肉。「わたしたちは彼のことが心配なのよ、ランスロット。ほんとに心配なの」

「心配する必要はない、そう願いたいね」

「きのうはあなた、そんな必要はないと確信してるようだったわ」

「ともかくあした、真相を見つけるためにベストをつくすよ」ぼくは一人からもう一人へと視線を向けた。「オーケー？」

　ペンフリスから両親の家までは歩いてわずか十五分だった。しかし、それは見方を変えれば百年以上にも相当した。オールダー家の人々は忘れられた十九世紀の片隅に住んでいて、時間からも世間との接触からも取り残されている。片やおやじとおふくろは、二十世紀後半に建てられたピクチャーウィンドーのある小さな家で暮らしていて、芝生は刈りこまれ、車は洗車され、建物の木材の部分にはペンキが塗られ、きちんとした外観が保たれている。父は過去のことを読むのは好きだが、そのなかで暮らしたいとは望んでいない。

「母さんは出かけてるよ」というのが、ドアをあけたときの彼の最初の言葉で、ぼくが母に会うためだけに訪れたと言わんばかりだった。「スクラブル（二人または四人でおこなう一種の語呂合わせゲーム）だ」

「まだ続けてるの、母さん？」

「ああ。毎週、水曜の午後に」彼は台所のほうへゆっくり歩いていき、ぼくもついていった。猫背がひどくなっているのが目にとまった。クラークスで会計簿に屈みこんできた年月がもたらした代償だ。「お茶を淹《い》れようと思ってたところだ。おまえも飲みたいか？」

「どうして訊くんだよ？」

「たぶん、いらないと言うだろうから」

「相変わらず、ぼくの言うことはすべて、言葉どおりに解釈してくれるとわかって嬉しいよ」

「ほかにどう解釈しろというんだ？」

「お茶を一杯もらうよ、父さん。ありがとう」

「おまえがはっきりそう言うんならな」彼がやかんの下のスイッチをひねると、それはもう沸かしてあって、玄関のベルが鳴ったのでスイッチを切ったばかりのように、すぐに沸騰した。「ポットにもうひとつ、ティーバッグを足してくれ。紅茶の缶はおまえの後ろにある」

「ええっ、ティーバッグ？」（ぼくはつねづねそのお粗末な代物が嫌いだった。正直なところ、お茶を楽しむことよりも、肥料としてティーバッグを花壇のまわりにつめこむことに関心がある母親の趣味に、我慢して付き合っているだけだった）

「そら、わしの言ったとおりだろう？」おやじはぼくに眉を吊り上げた。「それで揉めるとわかってた」

「気にしなくていい。これでかまわないよ」ぼくはお茶の缶からティーバッグをひとつ摘まみだすと、ポットに投げこんだ。おやじは湯を注いで、立ちのぼった湯気ごしにぼくを横目で見た。

「ゆうべ、ダイアンが電話してきた」

「へえ、それで？」

「ブライアンが昇進したそうだ」

「それはいいニュースだ」（おまけに、まさに予想どおりときてる。ブライアンは通信販売できちんと包装されて送られてくるような、模範的な娘婿だ）

「そうだろう？」

「そう言ったじゃないか」（やれやれ、いつもこんなやりとりになってしまうとは情けないことだ）

「おまえには何かあるのか？　つまり、いいニュースが」

「そういうわけじゃないけど、頼みたいことがあってね」

「どんなことだ？」

「早朝のロンドン行きの列車に乗らなきゃならないんだ」

「車で送ってほしいってことかね？」

ぼくはにんまりした。「そう」

「ひょっとして仕事の面接なのか？」

「ちがうよ」

「ちがうと思った。床屋へ行く時間もないようだからな」

「いいとこ衝《つ》いてるな、父さん。目のつけどころがちがうよ」

「早朝って、何時だ？」

「ともかく朝早く。インターネットで時間を調べてもらえるかなと思ったんだ」

「やれるだろう」彼はこの状況に皮肉を感じとって苦笑した。「おまえがお茶を注いでるあいだに調べてくる。わしはダイジェスティヴを二枚食べるからな」

　そう言うと、彼はゆうゆうと書斎へ歩いていき、そのあいだにぼくはのろのろマグやミルクをだし、六つの戸棚をつぎつぎにあけてビスケットの缶を捜したあげく、七つ目の戸棚でようやくそれを見つけた。

　お茶を持って居間へ行くと、コーヒー・テーブルに《デイリー・テレグラフ》がのっているのが目にとまった。クロスワードの面を表にだして折ってある。おやじはそれをほとんどやり終えていたが、最後のいくつかのヒントが彼を阻んでいるように見えた。ぼくがそれに専念しかけたとき、彼が入ってきた。「八時十分まえに、カースル・ケアリからの列車がある。それだと、九時半にパディントンに着く。充分だろう、それで？」

「よさそうだね」

「七時十五分に迎えにいくよ」

「ありがとう」

「まあ、車もときどき走らせてやらんとな。それに、最近はどうも夜が明けるまえに目が覚めてしまうんだ。それで……」彼は腰をおろしてお茶を飲んだ。「これは仕事の件じゃないと言ったな？」

「ああ」

「残念だよ」

「たまたま、人から頼まれたことがあってね。オールダー家の人たちから。憶えてるだろう？」

「忘れるわけがないだろう」

「彼女たち、ループのことを心配してるんだ。彼に連絡がとれないそうでね。失踪したみたいなんだよ」

「それで、おまえが彼を見つけるつもりなのか？」

「そう考えてる」

「本当かね？」その任務にたいするぼくの適性について、おやじは明らかに懐疑的だった。

「ループートは家族と縁を切っただけかもしれん。その可能性は考えたのか？　ループートがそうしたとしても、彼を責めることはできんよ。彼らは哀れな連中だ。彼らの家系を考えると、なお哀れになる」

「彼らの家系ってなんだよ？」

「ああ、べつに高貴な家系というわけではない。しかし、オールダー家は十七世紀のころからペンフリスで農業を営んでいた」

「オールダー家のリサーチをしたの？」

「まさか」おやじの表情は、これ以上ばかげた質問は考えられんと告げていた。「最近、読んでいたもののなかに、彼らがひょっこり出てきただけだ。内乱が始まったころに、アイヴィソーン・ヒルの向こう側で小さな戦闘があった。〝マーシャルズ・エルムの戦い〟として知られている。議会軍は国王軍の騎兵隊に蹴散らされて敗走した。死者のなかにペンフリスのジョサイア・オールダーという名があった。歴史的な観点からは、この戦闘は興味ぶかいものなんだ。なぜなら、通常は内乱が始まった日は、国王がノッティンガムで国王旗をかかげた一六四二年八月二十二日とされている。ところが、マーシャルズ・エルムの戦いはそれよりほぼ三週間早くに――」彼は言葉を切って、ぼくに鋭い視線を向けた。「聞いてるのか？」

「ああ、父さん、聞いてるとも。熱心に耳をかたむけてるさ。一六四二年にオールダー家はペンフリスにいた。でも、二〇四二年になったら、はたしてあそこに誰かいるだろうかね」

「それというのも、彼らが自分たちの生まれた土地で農業を続けなかったからだ。彼らに運命というものがあったのなら、それは農業だった。だが、彼らはそれを投げだした」

「彼らにとってまずい状況になってしまったんだよ」

「ジョージ・オールダーが死んだとき、彼にはあとを継いでくれる年齢の、というか、分別のある息子がいなかったということか？」

「そうだよ。父さんは彼を知らなかったんだろう？」

「ああ、まったく。おまえがルーパートと友達にならなかったら、あの家族の誰ひとり知らなかっただろうな」

「ジョージ・オールダーは溺死したんだよね？」

「たしかそうだ。セッジムア・ドレーンで。ルーパートが生まれたあとまもなくだった」

「生まれるまえだよ。ループがいつもそう言ってた」

「そのとおりだ」彼は考えこみながらダイジェスティヴ・ビスケットをもぐもぐ嚙んだ。「まえだった。六三年の夏か秋だ。妙だったな。とはいっても、あのことは全部、忘れてしまったが」

「あのことってなんなの？」

「同じころに、ほかにも何人か農夫が死んだんだよ。事故。自殺。そんなことでな。人々はこの土地のジンクスとかなんとか言いはじめた。新聞はその記事でいっぱいだった。ともかく、しばらくのあいだは」

《セントラル・サマセット・ガゼット》には、世間を揺るがすほどではないニュースがいっぱい載っている。それでも、六三年のストリートの農夫のジンクスについて、これまで聞いたことがないのはすくなからぬ驚きだった。「何人死んだの？」

「憶えてない。たぶん、二人か三人だ。うむ。今度図書館に行ったときに調べてくるか。興味をおぼえる事柄だからな」

「わかったことを教えてくれるね？」

「いいとも」おやじはぼくにしかめっ面を向けた。「地元の歴史はおまえにはひどく退屈なものだと思ってたよ」

「そうだよ。ふつうは」

「だが、この件はそうじゃないのか？」

「父さんが見つけだすことによるさ」実際は見せかけているよりずっと好奇心をそそられていた。どうしてループはこのことについて何も言わなかったんだろう？　彼はミステリーが大好きだった、大小を問わず。しかも、これには彼自身の父親も関わりがあるらしい。たぶん彼は知らなかったんだろう。それにしても、この件がますます謎を深めていったのは事実だ。ぼくはこののちループを追跡していくあいだに、彼にたいして多くの疑問を抱くことになった。

「この土地のジンクスか」おやじは椅子にもたれて考えこんだ。「それとも、呪いかな」ぼくが昔から知っている遠くを見るような眼差しが彼の目をくもらせた。「これにはアーサー王ふうの響きがある、そう思わないか?」

「訊かれたから答えるけど、ノーだ」(ぼくにはそうは思えなかった。つまり、アーサー王ふう、という部分が。だが、響きについては? イエスだ。そこにはたっぷりと響いてくるものがあったと認めねばならない)

「あした、寝過ごしたりしないだろうな、おまえ?」

「ああ。だいじょうぶだよ」

たしかに寝過ごさなかった。

ロンドン

3

列車は三十分遅れてパディントンに到着した。駅から出て、秋にしては暖かすぎる、だがそのぶん、どんより曇ったロンドンの朝のなかにふらりと足を踏みだしたとき、ひどく気分が沈んでいたのは、その遅れが原因だったのかどうかよくわからない。グラストンベリーを朝早く出発したこともまったくむだだった。おまけに、ぼくはじつのところ、われわれのあまり美しくない首都のファンではなかった。サマセット＝ドーセット路線の昔のニックネーム〝のろまで不潔なやつ〟は、ロンドンの街——さらには地下のロンドン——にこそぴったりだ。

地下鉄のベイカールー線へおりていくつもりはなかった。ぼくが乗るのは三十六番のバス。四十分ががたがた揺られてハイド・パークとバック・パルを通りすぎ、そのあとヴォクソール・ブリッジを渡ってテムズ川を横切り、オーヴァル競技場へ。あらゆるチーム・スポーツをあれほど嫌っていたループが、どうして大きなクリケット競技場のすぐ近くへ引っ越したのか理解できなかった。すべてのホップズ・ゲートからぶらぶら歩いていける距離にハードラダ・ロードはあった。彼はきっと、そこを無視することを楽しんでいるのだろう。

ハードドラダ・ロード十二番地は、三階建ての黄色い煉瓦造りの、ヴィクトリア朝ふうの家が建ち並んでいるなかの一軒だった。洒落《しゃれ》てはいるが地味な外見だと言えるだろう。このあたりに駐車するのはひと苦労だ。眺めたところ、十二番地は持ち主がそこから逃げてしまったようには見えなかった。最上階の窓がすこし開いている。近所にあたってみるまえに、まずそうすべきだと思ってベルを鳴らしてみた。当然、返事はなかった。ループがまだここに住んでいるのに手紙や電話に応えないのだとしても、木曜日の午前十一時には仕事に出かけていると考えられる。だが、彼がひそかにユリビア・シッピングを辞めてしまった今は、どこで働いているのか見当もつかなかったから、そう考えたところでなんの進展もなかった。

十番地で玄関ドアへ出てきた、すくなくとも二人の子どもの母親は、迷惑そうだったものの、問いかけに応じて、もう何ヵ月もループを見ていないと話してくれた。「それ以前だって彼をよく見かけたわけじゃありませんけど。彼は海外で働いていると思ってました。彼がそう話さなかったかって？　さあ、はっきり憶えてませんね。エコーに訊いてごらんなさい。彼女なら、彼が帰ってくることになってるのかどうか知ってるでしょう」

「誰ですって？」

「エコー・ベイトマン。彼の下宿人です。彼女はいつもお昼ごろに家に帰ってきますよ」

下宿人！　ループの居場所を突きとめることは予想していたより簡単にいきそうだ。ぼくはとっさにそう考えた。かわいいミス・エコーがすべてを解決してくれるだろう。この嬉しい考えを祝うために、オーヴァル競技場からくる途中にあったパブへぶらぶら戻っていった。一時間、時間をつぶさねばならなかったし、コーヒーの飲み過ぎと、ちょっぴりしか朝食を食べなかったことがもたらした頭痛を、払いのける必要があった。

〈ポール・スター〉は、ありふれたラグスレートの屋根に、樹皮を剝いだ松材で建てられた、九〇年代スタイルの店だった。ちょっと疲れたような空気が漂っていたが、少数の客にとってもバーにとっても、開店時刻にはそんなものだったから、べつだんあたりに不満の声も聞かれなかった。いずれにしても、食事コーナーでの掃除機の騒音にすべての音はかき消されていた。幸いにも、前夜のピザのかけらを掃除機で吸い取る作業は形ばかりのものだった。酒を半分も飲まないうちに静けさが戻ってきた。ぼくは下宿人に関するつきをここでも試してみることに決め、バーテンダーに情報を求めることにした。

「ループ・オールダーを知ってるかい？　彼はあの角をまがったところに住んでるんだが」

「ループ・オールダー？　ええ。でも、しばらく姿を見ませんね。彼の友達ですか？」

「ずっと昔からのね。正直なところ、最近というより昔の友達なんだ。そこが問題でね。連絡がとだえてしまって、今、彼がどこにいるかわからないんだよ」

「お役に立てませんね。けれど、夜にここで働いてる男が、彼と懇意にしてます。ともかく、以前はね。カールにループ・オールダーのことを訊いてみるといいですよ」

「カールは今夜、ここへくるのかな？」
「ええ、間に合うように目が覚めれば」

事態はどんどんよくなるように見える。ぼくの目的のない漫然とした人生行路が、ある計画によって束の間の価値をおびるときには、いつもそうなのだ。〈ポール・スター〉を出たときの計画は、隣の新聞雑誌販売店でエクストラストロングのミントをひと袋買って（エコーが昼食どきの飲酒を嫌うかもしれないので）、ハードラダ・ロードへ戻る途中で一個を食べてから、エコーに会って聞くべきことを聞く。そのあとは、今夜泊まる安い宿を探して、どこかで映画でも観てから、勤務中のカールをつかまえるために〈ポール・スター〉へ戻る、というものだった。

L・Gはご存じのとおり、ぼくの場合にはランスロット・ガウェインの頭文字だ。だがときには、幸運な男《ラッキー・ガイ》という意味にもなると思うことがある。しじゅうではない。ときどき。今は、そうしたときのひとつだった。ぼくが十二番地へ戻っていったとき、若い女性が家のなかへ入ろうとしていた。長身でがっちりした体格、ぴんぴん突っ立った短い黒髪、ガラゴ（キツネザルに似た小型のサル）のような大きな瞳。郵便局の制服を着ていて、ぼくに気づくまえの一瞬に、いかにも疲れたような溜め息を洩らし、南ロンドンの舗道を何時間も歩きまわってその朝を過ごしたことをうかがわせた。

「エコー？」

「ああっ、びっくりした」（たしかにどきっとさせてしまった。しかし、そこが音を立てないクラークスの靴のもっともすぐれたところなのだ）「知ってる方かしら？」ぼくのほうを振り返りながら、彼女はガラゴのような目を細めた。

「お隣さんがきみの名前を教えてくれたんだよ。ぼくはループの友達のランス・ブラッドリーだ」

「お会いしたことあるかしら？」

「いいや。でも――」

「なんだか……ばかに親しげに聞こえるから」

「そうしないと約束する」

「なんのこと？」

「馴れ馴れしくしないってことだ」ぼくは笑顔をつくった。「きみがなかへ入れてくれても」

「そんなことしたらおかしいと思わない？」

「ああ、そうだな。そう思うよ。あのね、もう一度、やりなおしてもいいかな？　ぼくは田舎からやってきた。わざとらしいせりふはそのせいだと思ってくれ。ぼくはループを捜してる。彼の家族が彼のことを心配してるんでね」

「彼のなんですって？」

「家族だよ。ほとんどの人間には、好もうが好むまいが家族がいるだろう」

「ループの家族のことははじめて聞いた。いずれにしても、ここでは彼は見つからないわ。でも……」彼女はぼくの全身をじろじろ眺めた。「いいわ。なかへ入ってちょうだい。やっとあなたの話がわかったから。あなたはループの友達なのね」

「そう言ったよ」

「人はどんなことでも言うわよ」彼女はドアを大きく押しあけてなかに入り、ぼくについてくるようにと身振りで指示した。最初に目をとらえたのは、ドアのすぐ内側の壁に額には入れずにかけてある、大きなけばけばしい色彩の油絵。次に目についたのは、階段の先の廊下にかけてあるもう一枚の似たような絵。その二枚は明らかに同じ画家の作品だ。そのことには金を賭けてもいい。画家が伝えようとしているもの——切りつけるような線と強烈な色調で——を推測するとなると、それには金を賭けることはできなかったが。

「わたしの絵なの」エコーはドアを閉めながら、ぼくの視線に気づいて言った。「意見を述べなきゃならない、なんて思わないで」

「わかった」

「台所へ行ってくださる。お茶はいかが？」

「もちろん、いただくよ」（飲み物をすすめてくれたのにたいして、本当はもっときちんとした返事を考えるべきだった）

ぼくたちは火山の油絵と二つの閉まったドアの前を通って台所へ行った。「あれ、あなたでしょう？」エコーはそう問いかけ、彼女の左側の壁にかかっている額を（こちらは額に入っていた）つついた。

それは、〈ウィートシーフ〉での仮装舞踏会の夜の記念にレスが撮ったものと同じような、写真のモンタージュだった。ただし、こちらのモンタージュは――それを眺めてわかったのだが――ループの人生からのスナップ写真のコレクションだった。何ヵ所かの場所――グラストンベリーの岩山、ダラムの大聖堂、ビッグベン。そして、何人かの人々――ぼくの知ってる友人たち、ぼくの知らない友人たち。エコーがつついたのは、一九八三年ごろの、ダラムからの週末遊山旅行のときに撮られた、ペニンのパブの外にすわっているぼくの写真だった。ニューカースル・ブラウンの瓶を片手でしっかり摑んでいる。（まいったな、とぼくは思った。なんと言えばいいんだよ？　誰でも過ちを犯す羽目になるとはいっても）「驚いたな。これを見て、ぼくだとわかるとは」ぼくはもごもごつぶやいた。

「あなたにヘアスタイルを変えるだけのセンスがあったら、わからなかったでしょうね」彼女はやかんに水を入れ、ガスをつけた。「マグにティーバッグでかまわないかしら？」

「けっこうだ」（ぎょっとしたのが表にあらわれなかったように祈るのみ）

「ところで、ループの家族についてだけど、どういうことなの？　彼は身内がいると言ったことはなかったわ」

「兄が一人と姉が二人。彼らはサマセットのストリートに住んでる。そこでループは生まれたんだ。ぼくもだよ。ぼくたちはいっしょに学校へ行った。それに大学へも」

「ダラムね？」

「そうだ。勘がいいね」

「そうじゃない。そのことはループが話したのよ。いつだったか。でも、家族のことは……」彼女は肩をすくめた。「ひと言も」

「いつから彼のところに下宿してるの？」

「一年ぐらい前から。でも、彼といっしょにいたことはあまりないわ。彼はほとんど海外だから。じつはそれが、彼がわたしにここへ越してきたらどうだと提案した理由なの。わたしは絵を描くのにもっと広いところが必要だったし、彼は留守のあいだ家に気を配ってくれる人が必要だったから」

「彼はどこへ行ってるのかな？」

「東京。彼が働いてる船会社の仕事で。謎めいたことなんか何もないわ。どうして彼の家族が彼のことを心配するのかわからない」

「きみは心配してないの？」

「彼は東京にいるわ」やかんが音を立てはじめた。彼女はやかんを取って、マグに湯を注いだ。「何か心配するようなことがあるのかしら？」

「それがね、そもそも彼らは東京にいることも知らなかったんだ。あっちにいる彼と連絡をとる方法はあるのかい？」

「電話番号を聞いてるわ。じつを言うと……」彼女は眉をひそめてぼくを見た、疚《やま》しさを覚えていると言ってもいい表情で。「最近、二、三度、彼に電話したんだけど、出ないのよ。それに、あっちから折り返し電話もしてこないし。でも……」

「彼はユリビア・シッピングを辞めたんだ」

「彼が？」

「そうだ」

「まあ」眉間のしわが深くなった。「知らなかったわ」

「ぼくのお茶は薄めにしてもらえるかな？」

彼女はぼくの頼みにとまどった様子だったが、すぐにああと理解した。「ああ、わかった」

ティーバッグを引きだして、マグを渡した。

「ミルクはある？」

「冷蔵庫のなか」

ぼくは自分でミルクを入れた。「きみも？」

「ええ」彼女のマグにも入れる。「ありがとう」

「なぜ最近、彼に電話したの？」

「いろいろあって」彼女はお茶を飲んだ。「妙なことが」

「聞かせてもらえないかな？」

彼女はぼくのほうに頭をねじった。「あなたを信用してもいいのかしら、ランス？」

「もちろん」

「ループは信用していいと言ったわ」

「彼が？」

「一度、話したことがあったの。本当に――心の底から――信用できる人のことを。彼はあなたの名前を挙げた。ほかには誰も。あなただけだった。洞窟探検での事故の話だったわ。置き去りにした友人を助けに戻ったとか……そんな話。今、あなたがやってるのはそういうことなの？」

「そうじゃないように願うよ」気分を明るくしようとして、ぼくはにっこりした。「で、その妙なこととはどんなこと？」

「こっちへきてもらったほうがいいかもしれない」彼女は先に立って廊下へ出て、正面の居間のドアをあけた。「わたしの部屋は二階なの。ここはループの部屋」

そこは、数は少ないが、心地よさそうな家具調度を備えた部屋で、装飾は最小限に抑えてあった。片隅にたっぷり本がつまった書棚があり、その上に帆船の模型が置いてある。個性を感じさせるものといったら、それぐらいだった。だが、ループはもともと物に取り囲まれているタイプではなかった。それが流行になるまえから、彼は最小限要求主義者だった。

窓の下にデスクが置かれていて、その上に留守番機能のついた電話機があり、その横に手紙がきちんと積みかさねてある。エコーはそっちへ歩いていった。「わたしは自分用の電話を持ってるわ。ループは断固として、わたしが彼への電話にわずらわされる必要はないと言ったの。それに彼の郵便物にも。だから、わたしは触れてない。けれど——」

「なんだね？」

「誰かがここへ入ってきて、手紙を何通か持ち去ったと思うのよ。電話のメッセージも聞いたかもしれない」

「誰かが押し入ったのか？」

「正確には押し入ったわけじゃないわ。裏の窓の掛けがねをはずして、家のなかを見てまわったのよ。手紙が何通かなくなっているのは、かなりたしか。それに本が動かされてた。埃が乱れてたのよ。わかるでしょう？　絶対にたしかだと言えるようなことは何もないわ。でもこれは、ふつうの押しこみ泥棒の話じゃないのよ」

「家のほかのところはどうだった？」

「何もなかった。ここだけ」

「警察には通報したのかい？」

「通報するようなことがある？　単なる疑いにすぎないんですもの」

手紙をざっと繰ってみた。ほとんどは薄茶の窓つき封筒。はっとするものは何もない。一通だけ住所が手書きのものはウィンからだった。ひっかかる万年筆とストリートの消印が、彼女からであることを暴露している。そこにほかに何があったにせよ……それはなくなっていた。「いろいろ妙なことがと言ったね、エコー。複数だ。ほかにはどんなことがあったんだ？」

「あなたがあらわれたわ」

「ぼくは妙なことには入らない」

「そうおっしゃるんならね。ともかく、あなたが初めてではないの。最近、ほかにも三人の男の人が、ループを捜してここへやってきたのよ」

「三人？」

「そう。いろんな種類の人たちだった。最初はユリビア・シッピングの人で〝社交上の訪問〟だと言ったわ」

「ループが会社を辞めたことは言わなかったのか？」

「ええ。それに、ループが東京にいるはずだってことも知らないようだった。彼も海外へ行ってたんですって」

「名前は言い残した？」

「チャーリー・ホア。中年の、かなり典型的なロンドンのビジネスマンだったわ。彼のあとにやってきたのが日本人のビジネスマン。彼の名前はそこに書きとめてある」彼女は留守番電話機に差しこんである付箋紙を指さした。〝ミスター・ハシモト、パーク・レーン・ヒルトン〟「彼は先週の終わりごろに訪ねてきたわ」

「用件は？」

「ループと話をするため。ループは東京にいると彼に言ったんだけど、彼が信じたかどうかわからない」

「三人目の男は？」

「二日まえにきたの。年寄りだったけど、荒っぽい感じの男だったわ。ループを捜してると言ってた。名前は言い残さなかったわ。とにかく、ほとんど喋らなかったの。ずるそうな男。わかるかしら？」

「そうしたいろんなことがあったんで、東京にいるループに電話しようという気になったんだね？」

「ええ、そう」

「だが、電話に出ない。あっちへかけても……こっちへかけても」ぼくは部屋を見まわしてから、エコーに視線を戻した。「彼と最後に話したのはいつ？」

「このまえ彼と会ったとき。九月はじめだったわね。ロンドンへのあわただしい出張だと言ってた。二、三日、ここに泊まっただけで、すぐに東京へ戻ったわ――わたしにわかるかぎりでは」

「メッセージを再生してもかまわないかな？」ぼくは留守番電話機をたたいた。

「いいんじゃない」

テープを巻き戻し、その内容を聞くために黒の革のソファーに腰をおろした。エコーもぼくの横にすわった。最初は、すばらしい取引をループにもちかけてきた車の販売業者からのメッセージで、二番目は、ループの六ヵ月ごとの検診日がとっくに過ぎているという歯医者の受付係からのものだった。さらに数件の似たような電話メッセージが続いた。そのあと、甲高い、不安げなウィンの声が部屋のなかに響いた。〝わたしたち、全然受け取ってないのよ、ループート。何かあったの？〟彼女はさらに二回、同じメッセージをくり返した。そのたびに彼女の声音に不安が高まっていった。そのつぎはチーズおろし金商人からのロンドンなまりの英語だった。〝取引をすると言ってたのに、ずっと連絡がないのはどういうことだ？　電話してくれ。さもないと、こっちから様子を見にいく〟

「これが訪ねてきた年寄りの男だわ」エコーが言った。

「言ったとおりにやってきたんだ」

〝こちらはチャーリー・ホアだ、ループ。どうしても話をしなければならない。だから、これを聞いたら連絡してくれ。すぐに〟

それで全部だった。もう一度、ウィンからかかってきたのをのぞけば。それと、言うまでもなく、ぼくからのがあった。「どこにいるんだよ、おまえ？」テープを切り、ぼくはつぶやいた。「みんなそれを知りたがってるようだぞ」ぼくは立ち上がり、電話機のほうへ歩いていってダイヤルした。

「誰に電話してるの？」エコーが訊いた。

「中年のロンドンのビジネスマンだ」

だが、その男は彼のオフィスにいなかった。ぼくにできることといったら、メッセージを残す大勢の人々の仲間入りをすることだけだった。「あなたにお電話するよう彼に申します、サー。どんなご用件でしょうか？」

「ルーパート・オールダーの件です」

「彼はもうこの会社にはおりません」

「そのことをミスター・ホアに説明なさったほうがよろしいですね。ともかく、彼に緊急の用件だと伝えてください」

「そうなの？」受話器を置くと、エコーが問いかけた。「そんなに急を要することなの？」

「わからんよ」ぼくが空っぽのマグを持ってぶらぶら台所へ戻っていくと、彼女もあとからついてきた。「でも、連絡をとるためには、きみだってそう言うだろう？」

写真のモンタージュの前で足をとめ、ループの写真を眺めた。それは展示されているなかでは、もっとも最近のものらしかった。どこかの波止場に立っていて、彼の背後ではユリビアのコンテナ船が荷下ろしをしている。ぎらぎらする光線と彼が着ている麻のスーツが熱帯地方であることを告げている――湾岸地帯か極東だろう。そよ風が黒っぽい髪をなびかせ、彼は太陽に目を細めている。そのととのった顔立ちとほっそりした体格が、ぼくがよく知っているあの永遠の学生ふうの外見を保っている。クリスピンの制服を着せたら、彼はいまだに実際の三十六歳ではなく、年齢のわりには成熟したティーンエイジャーでとおるだろう。

「彼はずっとハンサムだったようね」エコーがぼくの手からマグを取りながら言った。

「ああ。幸せなやつさ」

「あなたたちは同い年なんでしょう？」

「さも信じられないって言い方をすることないだろう」

「この人、彼のお兄さんか何か？」彼女はモンタージュの上のほうにある白黒写真をたたいた。「二、三度、この人を眺めて、どういう関係なのかなと考えたの。彼に目をとめたのは、白黒だからだと思うけど」

ぼくはその写真を見つめた。そこには、ジーンズにリーファー・ジャケットを着た三十歳ぐらいの男が写っていた。肩にバッグをかけて、鉄道のプラットフォームに立っている。クルーカットと言ってもいい短い髪、白い骨ばった顔、突き出て角ばった顎。片手に煙草を持っていたが、掌のなかにこっそり隠しているような格好で、人差し指と親指のあいだにはさんでいる。彼はカメラのほうを見ていなかったし、彼が写真の中央にいないことを考えると、カメラは彼に向けられたのではなかった。写真の実際の主役は駅名板で、『アシュコット・アンド・ミアー』と記された魂のない成型コンクリート板だった。「なんだ、ちぇっ」とぼくは言った。

「どうしたの？」

「アシュコット・アンド・ミアーというのは、グラストンベリーの二マイル西にあった、S・アンド・D路線の駅だよ」理解できないと言いたげに彼女の瞳がまるくなったのを見て、ぼくは言いそえた。「サマセット＝ドーセット路線のことだ」

「それで？」

「その路線は一九六六年に廃線になった。ループとぼくがよちよち歩きのころに。この写真はそれ以前に撮られたにちがいない」

「では、ループが撮ったんじゃないわね」

「あり得ないよ。ハワードだな、ぼくの推測では。彼の兄だ。写真には入ってないが、それを撮ったのは彼だ。ハワードはまぎれもない鉄道マニアなんだよ」

「それで謎が解けたわ」

「そうだな。ただし……」リーファー・ジャケットを着た男のちょっとピンぼけの顔に目を戻してから、ほかのすべてのもっと最近の——もっとカラフルな——映像を見まわした。

「ハワードがカメラを持ってたという記憶がない。ループはどうやってこれを見つけたのかな？　それに、どうしてこれを手元に置いておきたいのだろう？　アシュコット・アンド・ミアーは、少数の泥炭掘りがいるだけの荒野の駅だったんだ。プラットフォームで待っている男にループが関心があるのならべつだが。けど、この男には見覚えがない。これまでに会ったことはないよ」

「それならこれからも、この人はどういう関係なんだろうと考える羽目になるわ」

「きみもぼくもね」

ぼくはなおも、三十五年かそれ以上も昔の、アシュコット・アンド・ミアーのがらんとしたプラットフォームに立つ、名前のわからぬ男にじっと視線を据えた。ゴースト・トレインを待つ幻の乗客。そのとき突然、電話が鳴りはじめた。

「賭けるよ。あのビジネスマンだ」ぼくはエコーにウィンクした。

「わたしは賭けないわ」彼女はきまじめな顔つきで応じた。

「慎重だな」そう言うなり、居間へ駆けこんで受話器をとった。

やはり彼だった。「ミスター・ブラッドリー？　こちらはチャーリー・ホアです、ユリビア・シッピングの。さきほどお電話をいただいた」

「出かけておられるということでした」

「ええ、そうです。いま戻ってきたところです」彼の声音にひそむ含み笑いの気配が、彼の嘘を覗かせていた。「あなたのこの電話はループの電話番号ですね？」

「わたしは彼の友人です。彼の家族のために彼の居場所を突きとめようとしてます」

「それはストリートの家族のことですか?」

「ええ。どうしてそれを――」

「まぐれ当たりですよ。彼の履歴書を探しだしたら、それにはストリートが彼の出生地になってました。あなたもそうですか?」

「ええ、そうです」

「それなら、彼の古くからの友人ですね」

「小学校のころからの」

「そいつはけっこうですな。ループの家族のほうへも彼からの連絡はないと考えていいんですね?」

「この二ヵ月間ありません」

「彼らにとっては心配なことですね。厳密には、ループはもうここの社員ではありませんですが、ユリビアもいわば家族のようなものだと考えたい。出ていったからといって、家族の一員のことを忘れられるものじゃありません。だから、できることなら、わたしも手助けをしたいのだが」

「彼の居場所に心当たりはありますか?」

「いや。しかし、状況が……込み入ってましてね。まあ、いつだってそういうもんでしょう?」彼はしゃがれ声で笑った。「できれば、あなたが街にいらっしゃるあいだにお会いしたいんだが」

「きょうの午後はいかがですか?」

「そう、早いに越したことはありませんな。えー、ミスター・ブラッドリーでしたね? では、こうしましょう、わたしのクラブでお会いしますよ。セント・ジェイムジズ・スクエアにある〈イースト・インディア〉で。ロンドン図書館の隣です。四時にそこへこられますか? そのころには静かですから、落ち着いて話ができます」

「わかりました。四時にそこへ行きます」

「けっこうです。ああ、ちょっと、ひとつだけ。ジャケットとタイ着用になってます。クラブがその点は譲らないので」

「なんとかなります」

「では、四時に」

「はい。ああ、それから——」しかし、もう切れていた。ハシモトという人を知っているかどうか訊ねようとしたのだが。まあ、それはあとでもいい。セント・ジェイムジズ・スクエアは〈パーク・レーン・ヒルトン〉から遠くなかった。

「きょうの午後、彼に会うの?」ぼくが受話器を置くと、エコーが問いかけた。

「ああ。彼のクラブでね」ぼくはぐるっと目をまわしてみせた。

「彼はばかに熱心ね」

「そうだよなあ？　疑惑をおぼえるほどだと言わざるをえない。いずれにしても——」ぼくは肩をすくめた。「今にわかるだろう。それまでに、どこか泊まるところを見つけなきゃならない。だからすぐに出かけたほうがよさそうだ」

「よかったら、ここに泊まればいいわ」

「ほんと？」ぼくは驚いて彼女を見た。これは望んでいた以上にすばらしい成り行きだった。ぼくの財布が許すような宿泊施設は、泊まれなくて残念だと思うようなところではない。

「ループのベッドにシーツをかければいいわ。彼にはベッドが必要なわけじゃないから、そうでしょう？」

「助かるよ、エコー。ありがとう」

「だって、せいぜいふた晩ぐらいのものでしょう？」

「そのとおりだよ」

「それに、ループの持ち物を探しにきたのが誰にしろ、また忍びこんできたら、あなたがその場でやっつけられるものね？」

「そうか」ぼくはおずおず微笑した。「それもあるのか」

4

クラブというのはかならずしもぼくの居心地のいい場所ではなかった。クラブに入会することについては、ぼくは〝グラウチョー〟・マルクス(米国のコメディアン)の意見に賛成だ。だから、くしゃくしゃのジャケットとしわくちゃのシャツを着て(そう、ぼくはアイロンかけが不得手であるのと同じくらい、荷物を詰めるのも下手なのだ)、〈イースト・インディア・クラブ〉の柱のある正面入り口にあらわれたことで、ぼくは充分にグラウチョーの主張を貫いていた。すくなくともネクタイだけはぱりっとしていた。(じつを言うと、それはループのネクタイだったが、そのことでつべこべ言うのはやめにしよう)

チャーリー・ホアはロビーで待っていた。もじゃもじゃの灰色の髪と、髪よりはすこし白髪のすくないふわふわした顎鬚《あごひげ》が、いかにも船乗りらしい風貌を彼に与えていた。しかし、ぱりっとした紺色のスーツと控えめなストライプのネクタイや、商品取引のページを開いてたたんである、脇の下にはさんだ《ファイナンシャル・タイムズ》が、彼がシティーの男であることを告げていた。彼はきまじめな視線をぼくに据え、こちらの手を力をこめてしっかりと握ったから、たちまちすべてのわだかまりは消えてしまった。

「ランスですね？」

「ええ。あのう――」

「チャーリーと呼んでください。結局のところ、これは非公式なものだから。そういう形にしましょう」（ぼくにはほかにどんな形があるのかよくわからなかった）「上へ行きましょうか」彼が先に立ってフラシ天のカーペットを敷いた階段をのぼっていくあいだも、ホアは小声でぶつぶつ喋りつづけた。「ここはオフィスからの手ごろな避難所でね。避難所は年月とともにますます必要だと感じるものです。メンバーに推薦するとループにも言ったんだが、彼は興味を示さなかった。あまり社交的ではなかったからね、われわれのループは。それでもいい男ですよ。百パーセント健全で。すくなくとも、わたしはずっとそう思っていた」

三階の大きな部屋にたどり着いた。そこでは二、三人のメンバーが、金色の額縁におさまった鬘《かつら》をつけた名士たちの肖像画の下で、午後のうたた寝をしていた。ホアは窓の横に置かれた低いテーブルの両側のアームチェアを選んだ。そこの窓からは暮れていく夕闇のなかで、スクエアのプラタナスの黄色くなった葉っぱがしおれて垂れているのが眺められた。

「お茶にしますか？　それとも、コーヒー？」

「コーヒーがいいです」

「それとも、もうちょっと強いもののほうがいいかな？」

「それには早すぎます」

「本当に？　なるほど。そのほうがいいかもしれない」彼は手を振ってウェイトレスを呼び、ポット入りのコーヒーを注文してから、まるで商談に取りかかるかのように両手をこすり合わせながら、テーブルごしに身をのりだした。「すると、あなたは小中学校でループといっしょだったんですね？」

「それに、大学でも」

「彼を非常によくご存じのようだ」

「そうです」

「どんな仕事をなさってるんですか、ランス？」

「いわば仕事のはざまにいます」

「危険な場所かもしれないな、その——仕事のはざまというのは」

「船の仕事にはどれくらい携わってるんですか、チャーリー？」彼が微笑みながら口にする言葉に、かすかな脅迫の響きがあるのは無視することにして、ぼくはそう訊いた。

「はるか昔から。だが、わたしのろくでもないキャリアについて時間をむだにするのはやめましょう。ユリビアはわたしを一種の……問題解決人として使っている。その仕事がわれわれをループに導いたというわけです」

「彼は面倒なことになってるんですか？」

「誰にわかるでしょう？　しかし、そうではないかと彼の家族は心配しているにちがいない。あなたもね」

「わたしたちは彼と連絡がとれないだけです」

「わたしもです。わたしに言えるかぎりでは誰もがそうですよ。あなたの旧友の特徴的な行動なのかな――突然、姿を隠してしまうのは？」

「いいえ」それはかならずしも真実ではなかった。たしかに彼はこれまでそんなことをしたことはなかったが、ホアにその質問をされたとき、今度のことはぼくにとってそれほど意外ではないと答えたい気持ちだった。ループには計り知れない一面があった。とはいえ、ループ自身がそれに気づいていたかどうかは、まったくべつの問題だ。

ホアが何か言いかけたとき、コーヒーが運ばれてきた。彼は口をつぐんで伝票にサインしてから、二人にコーヒーを注いだ。ウェイトレスが行ってしまうと、彼は言った。「わたしはループを知ってから七年になるんですよ、ランス――彼がユリビアに入って以来だ。だが、あなたは子どものころからずっと彼を知っている。あなたは彼をどんなふうに評価しますかね？」

ぼくはちょっと考えてから、思いきって言ってみた。「賢明で、ゆったりした人柄で、順応性がある。いささか孤独を好むが、ぼくにはいい友達です。けっこうまじめで、自分にたいしてかなりきびしい。だが、ひねくれて超然としたユーモア感覚の持ち主ですね」

「ゲームをすることができる?」

「ええ」

「しかし、それがゲームだということは充分承知している」

「そう思います」

「ふむ」ホアはコーヒーを飲んだ。「そう、わたしもまったく同意見だな。彼はそんなふうに見えた。同時に数個のボールを宙で操るのがうまい。それに、すぐれた策略家だ。彼はユリビアのためにいい仕事をした。非常に利益のあがる商売を開拓した。海運業では効率よく循環させることが利益をあげる鍵でしてね、ランス。それは海を定期的に往復することだけではない。われわれのコンテナは大陸も横断する。ループはわれわれのためにロシア経由ルートを切り開いたんです」

「彼が?」

「われわれにはスカンディナビアどまりの積み荷がたくさんあるが、そこから出ていく積み荷は多くない。しかも、それは極東にぐるっとまわっていく反対のルートだ。そのことはつまり、空っぽの船を意味し、そうなると金庫も空っぽということになる。ループはその循環の環をつなぐために——つまり、ロシアを通って極東へコンテナを送るために——ロシアの生産業者との度かさなる交渉をみごとにやり遂げた。それが彼が日本へ配属された理由だった——その最後の業務を円滑にするために」

「それで、彼はその仕事をきっちりやったんですか？」

「ああ、そうだ。すくなくとも、やりはじめた。ところが突然、この夏に会社を辞めてしまった」

「どうして？」

「見当もつかなかったよ」ホアはゆがんだ笑みを洩らした。「ともかく、そのときには」

「しかし、それ以後？」

「じつはね……」彼は居心地悪げに体をもじもじさせた。「それがあなたと会うことを承知した理由ですよ。たまたまこういう状況になったものでね。男が理由も言わずに辞める？　そりゃあ、ここは自由の国だからね。自由な世界ですよ。それでも、妙だと思われるし、あまりにもだしぬけだ。われわれが受けとったのは東京からのファックスだけだった。とはいえ、ユリビアは彼を所有していたわけじゃない。彼を辞めさせるしかなかった。八月三十一日付で彼はわれわれの名簿から除かれた。そしてそのあと……いろいろなことが起こりはじめた。ゾウムシがどこからともなく這いだしてきた」

「どんなゾウムシですか？」

「船荷証券とはどんなものかご存じかな、ランス？」

ぼくは肩をすくめた。「いいえ、全然」

「それは荷受人から客に振りだされる、船荷の荷主であることを証明する法定権利書でね。

客はそうしたいと思えば、それを融資にたいする担保として使うことができる。しかし、融資のあるところ、詐欺も発生する。荷受人がなんらかの手段で、一個の船荷にたいして一枚以上の船荷証券を振りだすよう強要された――または買収された――場合には。そうなると、同じ船荷がいくつもの融資の担保になっていたという結果になりかねない。ループがそうしたように」

「ループが詐欺をはたらいたと非難してるのですか？」

「十八トンの高品質のロシアのアルミニウムが入ったユリビアのコンテナが、ティルブリーにでんと置かれたままになっている事実を考えると、非難しないわけにはいかない。それをめぐって、極東の六つのちがう銀行の代理人である弁護士が争っている。ポンパーリーズ・トレイディング・カンパニーという幽霊会社にたいする融資の返済不履行で、すべての銀行が所有権を主張してるんだよ」

「なんという会社ですって？」

「ポンパーリーズ。その名前はあなたにとって何か意味があるのかな？」

「ええ。誰だろうと、ストリートの少年にとっては」手短に、遠い昔のアーサー王のポンズ・ペリリスの物語、ならびに、その物語と現在のポンパーリーズ・ブリッジとの繋がりを説明した。それを聞いてホアの唇に笑みが浮かんだ。

「ループのちょっとしたジョークだな」ぼくが話し終えたとき、彼はそう言った。「彼はポンパーリーズ・トレイディングの会長で、社長で、秘書で、経理担当者で、下っ端の雑用係だった。彼は誰にも負けないぐらい、そうしたペテンに通じているからね。ティルブリーに向けて横浜を出航するアルミニウムの船荷にたいして、彼は複数のユリビアの船荷証券を彼自身の会社に振りだした。融資を受けるために彼はそれらの船荷証券を利用した。そのあとユリビアを辞め、金を持って……逃げた」

「そんなことは信じられない」

「信じないですめばよかったのにと思うが。しかし、それが事実だし、ユリビアにとってはひどく困惑する事態なんだよ」

「ループは詐欺師ではありません」

「あなたはそう思うんだね？」

「もちろんです」（ぼくの知るかぎり、ループはいたって正直で、薬物の法的規制や駐車規則も呆れるほど忠実に守った）「ともかく、彼はそんなタイプではありませんよ」

「誰でもそんなタイプになるんだよ、そうなる必要があれば。わたしが疑ってるのはそのことでね。ループにはそうなる必要があったんだろうか？」

「どうして彼が？」

「わたしが訊いてるんだよ、ランス」

「わかりませんよ。とにかく、今も言ったように、そんなことは信じられないんだから。それに……」

「なんだね？」ホアに詮索するように見守られながら、頭のなかで一連の繋がりを整理しようとした。どんなとんでもないことをループは企んでいたんだろう？　不正に手に入れた金で彼がにわかに潤《うるお》っていたのなら、どうしてペンフリスの生活を援助するのをやめたのだ？

「この詐欺で得られた純益はどれぐらいですか？」

「そうだね、もちろん、銀行というのは損失を内輪に見積もる傾向があるが、今日の価格で十八トンの高品質のアルミニウムは」――彼は持っている新聞をひろげた――「約……二万ポンドに相当する。それに船荷証券六枚ぶんをかければ……そう、計算できるだろう」

「ユリビアはループにどれくらい払ってたんですか？」

「まさかあなたは――」

「さあ、お願いしますよ。考えるヒントをください」

「約六万ポンド。プラス、ボーナスと必要経費」

「しかも、さらに上がっていきますね――彼がどんなにいい働きをしていたかを考えれば？」

「まず間違いなく」

「それなら、たしかにそんなことをする値打ちはなかった」

「長い目で見ればね。しかし、明らかに何かが短期的、かつ集中的にループに起こった。それがわたしの見方だ。そして、それを証明できると思う」

「どうやって？」

「あしたティルブリーへ行くことになってる。どうかな、あなたもいっしょに行ってみないか？」彼はいわくありげに声をひそめた。「あなたに会わせたい人がいるんだ」

「誰です？」

「あなたを納得させられると思う人だよ。ループがまっとうな生き方をしていた日々と本当に——永久に——決別したのだということをね」


ループはずるい詐欺師だというチャーリー・ホアの話を、ぼくはすこしも信じなかった。けれども、そのことを彼に言うつもりはなかった。いいとも、彼が望むのなら、ティルブリーへいっしょに行こうじゃないか。そこへ行ったときにどんなことを告げられるにせよ、それで友人に背を向けるつもりはない。船荷証券やアルミニウムの価格で、にわかにループが悪人に変わるわけではなかった。ともかく、ぼくの目からは。

それでも大勢の人々が、おそらくはみんな同じ理由で、ループを追跡していることは否定できなかった。ぼくはセント・ジェイムジズ・スクエアからパーク・レーンまで歩いていって、〈ヒルトン〉に立ち寄った。ミスター・ハシモトはまだそこに滞在していたが、出かけていた。ぼくは——ミスター・オールダーのことで——電話をくださいという伝言を残し、バスに乗ってケニントンへ戻った。

エコーは出かけていて留守だったから、ループの居場所の手がかりを求めて彼の居間や寝室を自由に探すことができた。当然ながら何も見つからなかった。ループが隠れているのなら、彼には自分の痕跡を覆い隠すだけの知恵がある。そして、隠れていないのなら……ホアが考えていると思われることよりもっと悪い面倒に、彼は巻きこまれているのではないだろうか。

捜索はすぐに諦めて、その代わりにサーディンのサンドイッチを作ることに専念した。(戸棚をあさってもエコーが気にしないように願いながら) そのあと、両親に電話をかけて、ぼくが泊まっているところを知らせた。

住所と電話番号を書きとめてから、父さんがどうしても話したいことがあるそうよと言って、おふくろはおやじと電話を代わったが、それがある種の始まりだったと言わねばならない。

「きょう図書館へ行ってきたぞ」

「そう、それで?」

「六三年にこのあたりで起こった、例の農夫たちの死について思いだしたよ。おまえがわしの見つけたことを知りたいと言ってたから、《ガゼット》の記事を何枚かコピーした。そっちへ送ってほしいかね?」

「興味をそそられるようなことが出てた?」

「ああ。そう言ってもいいだろう」

「どんなこと?」

「自分で読むのがいちばんだ。わしはおまえの判断に影響を与えたと非難されたくない」

「じらさないでよ、父さん」

「まあ、それらの事件のうちの二つには驚くべき繋がりがあったとだけ言っておこう」

「どんなことかな?」

「ハワード・オールダーだ。彼はカウ・ブリッジの近くのブルー川で、父親が溺死しているのを見つけた。わしがずっとそう考えてたセッジムア・ドレーンではなく」(おやじばかりでなく、ぼくもそう考えていた。ブルーはポンパーリーズ・ブリッジがかかっている川だ。カウ・ブリッジはポンパーリーズの次の上流寄りの橋で、ループやぼくのような少年たちが好んで釣りをする場所だった。そこはセッジムア・ドレーンよりずっと家に近い。だがこれまで、そこがループの父親が亡くなった場所だとは誰も言わなかった、なかんずくハワードは)「それに、ドルトンという農夫が銃で自殺したあと、その気の毒な男を最初に見つけたのがハワードだった」

　これはたしかに驚くべき事実だった。それは否定できない。「その記事を送ってくれるね、父さん?」

「そう言うと思ったよ。母さんが住所はひかえてあるね？」

「ああ」

「あすの朝いちばんに投函するよ」

「ありがとう。もうひとつ……」ぼくはためらった。彼はこんなことは頼まれたくないだろう。「やってほしいことがあるんだがな？」

「なんだ？」

「ペンフリスへ行って、オールダー家の人たちにぼくの連絡先を伝えてくれよ」

「おい、おまえ」

「あそこには電話がないんだ。こうするか、それとも、ぼくから葉書をだすかだ。彼らはやきもきしながら知らせを待ってるんだよ」

「たぶんな、しかし……」ゆっくりと諦めの沈黙があとの言葉を抑えこんだ。「わかった。では、えー……母さんに行ってもらおう」


八時半になって〈ポール・スター〉へ向かったときには、エコーはまだ帰っていなかった。照明がしぼられ、音楽のボリュームは大きくなって、店は夜のムードになっていた。テレビの大きなスクリーンにはフットボールの試合が映しだされ、大勢の男たちが瓶からじかにビールを飲んでいた。

ひとつ、ほっとしたのは、カールが入れ墨のある、隆々とした筋肉を見せびらかすバーテンダーではなく、ひょろっとした青白い顔の、髪をジェルで固めた男だったことだ。「おれがカール・マドロンだ」メキシコビールの大量の注文を受けて瓶のキャップをこじあけながら、彼はぼくに言った。「昼間やってきたってのはあんたかい？」

「そうだ。ランス・ブラッドリー。ループ・オールダーの友達だ」

「ほんとかい？」

「あんたはループをかなりよく知ってると聞いたんだが」

「すこしだけだよ」

「最近、彼がどこにいるのか心当たりは？」

「ないね」彼は話を中断して金を受け取ってから、わずかだけ、それまでよりはぼくに注意を向けた。「あんた、彼の友達なら、どうして彼がどこにいるか知らないんだ？」

「知ってるつもりだった。だが、彼はどうやら——」

「失踪してしまった？」

「そのとおりだ」

「とにかく、おれはあの男の友達じゃないんでね。彼は以前はよくここへきてた。たいていは夕方早くに。おれたちはちょっと話をした。それだけだよ」

「そうかな、それ以上だったたって感じがしたんだが」

「へえ、そう？」

「ただの感じだ」

「たまたま、おれはあんたの友達に失望してるんだ。彼はある人間を裏切った」

「へえ、ほんと？」

「愉快なことじゃないよな」

「その〝ある人間〟って誰なんだ？」

「それがあんたにどんな関係があるんだよ？」

「わたしはループを見つけようと努力してる。彼の家族が彼のことを心配してるんでね」

「そりゃあ、心配して当然だろう」

「そう思うかね？」

「人を裏切れば、面倒に巻きこまれるさ」

「あのね、カール……」

「いいか、あんた」彼は死んだ魚のような目でじっとぼくを見た。「おれが言った、ある人間に電話をかけてみよう。彼があんたに会うと言うかどうか確かめてみる」

「そいつはすごい」

「オーケー。手のすいたときにな。そこで時間つぶしてるか？」

「ああ。むろんそうする。ありがとう」

「あまり感謝しないでくれ」彼の微笑は彼の眼差しと同様、生気がなかった。「あんたはおれを責任から解放してくれるんだ」

それなら、こっちがそれを肩代わりするのか？　その疑問がまわりの騒音と煙のなかにただよった。そして、いつまでも消えなかった。

とはいえ、それはしだいにぼやけていった。パブでだらだら過ごす二時間は、頭をはっきりさせる役には立たない。閉店時間のころには、問題は相変わらず抱えこんだままなのに、思考力は残っていなかった。朝早く出発したことがまだこたえていた。それに反して、カールは時間が経つにつれ研ぎすまされていくようだった。彼は約束した電話をかけ、好結果を得た。

「ビルが」——ある人間はようやく半分だけ名前を持った——「あんたに会いたいと言ってる」妙だな、彼に会いたいと言ったのはこっちなのにと思ったが、気にすることでもなかった。「店を閉めるあいだ待ってくれたら、おれがそこへ連れていくよ」

「遠いのか？」

「けっこう遠い。けど、おれは車を持ってるから」

「じゃあ、お抱え運転手までやってくれるのか？」

「そうだよ、ランス」カールはぼくににやりとした。お抱え運転手にしては、丁重さが欠けている。「ドアからくそいまいましいドアまでな」

その車は、メイフェアのカジノの外で、もみ革で愛情をこめて磨いているのを見かけるたぐいの車ではなかった。窮屈な錆びたバケツのような代物で、シートは酸っぱい臭いのする毛布でおおわれていた。けれどもそんな車だからこそ、バーテンダーとしては、閉店時間まで置きっぱなしにしても、駐めた場所にかならずあると安心していられるのだろう。

われわれはロザハイズのトンネルを目指して——カールがそう言った——東へ向かった。ビル・プリティマンは——彼の姓は途中で無造作に告げられた——ウェスト・ハムに住んでいて、カールによると「昔のイースト・エンド（ロンドン東部の下層民街）・ボーイだ」ということだった。「ビルはな、いくつかのすげえ話を語れるんだぜ」

「どんな話だね？」

「古い昔の悪事さ。おれのおやじは昔から彼を知ってるんだ。全盛時代には非情な男として有名だった。しかも数人の連中には、もっとすごい男として有名だったのさ」

「その秘密をわたしにも教えてくれないか？」

「ビルに話させるよ。彼に関する内密の話を、おれがループに教えたのが彼には気に入らなかった。だから今度は、やり方に気をつけたほうがいいと思ってな」

「ループは彼にどんな用があったのかな？」

「ちがう質問、同じ答えってわけだ。心配するなって」カールはぼくにウィンクしたが、それはむしろ、すごく不安をかきたてるものだった。「彼は喋りたい気分らしいからさ」

車がテムズ川の下にもぐるまえにぼくは眠ってしまったが、どうやらその数秒後には、車ががたんと震えて静かになったので目が覚めた。ゴーントレット・ポイントという名称の高い建物のみすぼらしい支柱の根元に到着していた。（その表示板からはLという字が抜け落ちていたが、完全に目覚めているにはほど遠い状態だったにもかかわらず、抜けている文字が何かはすぐにわかった）

夜の空気にふれたとたん、全身にぞくっと衝撃が走ったことを認めよう。実際のところ、それは寝ぼけた体にはぜひとも必要なものだった。カールは補強された重い横のドアからぼくを導き入れると、ちょっと足をとめて呼び鈴のボタンを押した。「おれたちがきたことを知らせるためだ」彼はそう説明すると、そのまま尿の臭いのする階段をのぼりはじめた。「たったの四階だからさ。エレベーターは薦めないよ」

ビル・プリティマンの住まいは、コンクリートの手すりがついた踊り場の突き当たりにあった。途中でカールは立ちどまると、ひと言、注意した。「ビルに話すときには気をつけろよ。ちょっと怒りっぽいから」

「でも、神経質ではないんだろうね」

「それはべつのことだよ。ユーモア感覚は持ち合わせていない。かけらも」

「忘れないようにしよう」

「あまり無理押しするなよ。彼は最近、あまり機嫌がよくないからな。ループのおかげで」

「ループは彼に何をしたんだ？」

だが返ってきたのは、カールのナトリウム灯のような曖昧《あいまい》な微笑だけだった。明らかに彼にはサスペンスをぶちこわす気はないのだ。


「こいつがその男だな？」というのが、ノックに応えてドアをあけたときの、プリティマンの挨拶の言葉だった。彼の視線はすっとカールを通りすぎて、ぼくに向けられた。ずんぐりした鳩胸の小柄な男。しかめっ面の丸顔。淡いブルーの目ががさがさの皮膚の皺《しわ》のあいだで、二つの水滴のようにきらきら光っている。頭も顎もつるつるに剃ってあるので、昔に折った、つぶれた鼻の印象をやわらげる役には立っていなかった。きたないヴェストを着て、それよりもっときたないトラックスーツのパンツをはいている。ぼくの訪問のために着替える必要はないと安心させるべきだろうかと、ちらっと考えた。

「ランス・ブラッドリーです」というのが、実際は最初に口にした言葉だった。「お会いできて嬉しいです」

「あんたはオールダーの友達だとカールが言ったよ」

「ええ、ループの」（ループとビルはファーストネームで呼び合う間柄ではないようだ。それはいい知らせだろうか、それとも、悪い知らせ？）「わたしはなんとかして彼を見つけようとしてるんです」

「それなら、なかに入ったほうがいい」

われわれはなかに入り、カールがドアを閉めた。ドアが閉まったとたん、意地の悪い言い方をすれば、悪臭と呼んでもいいにおいが鼻をついた。その出所について、ぼくの疑いは廊下の突き当たりの台所の戸口からこっちを見ている、大きな毛の長い犬に向けられた。品種はわからなかったが、なんのために飼われているかはわかると思った。プリティマン家を訪れた招かれざる客を、神よ、助けたまえ。

犬が居間へついてこなかったのは、ぼくの心の平和のためにはありがたいことだった。あいつがいないからといって、たいして寂しいわけじゃない。ビル・プリティマンはむきだしの壁、安物の家具、広いスクリーンのばかでかいテレビに囲まれて暮らしていた。家庭的なという表現が、すぐに頭に浮かぶような住まいではなかった。葉巻の煙がうっすらと立ちこめているおかげで、居間はすくなくとも廊下よりにおいがましだった。ビルは手巻き煙草が好みだろうと思ったが、テレビの上の大きなオニクスの灰皿のなかでいぶっているのは、パナテラ（細巻きのシガー）だった。彼はそれを取り上げてふかした。「あんたたち、何か飲むかね？」

何かと言われても、スコッチにするしか選択の自由はないようだった。われわれは二人ともスコッチにした。「何かわくわくするようなことを企んでるのかい、ビル？」カールはソファーにすわってウィスキーをすすりながら、そう問いかけた。

「刺激を求めるには年をとりすぎた。おれが欲しいのはちょっとした慰めだけだ。たいした望みじゃなかろう？」

「ええ」ぼくは割って入った。「そうですとも」

「あんたはもうたっぷりと手に入れてるようだな」ビルはぼくをにらんだ。「若いやつらときたら……」彼は絶望したように首を振ってみせた。「どうしようもない役立たずだ」

「ちょっと、おれはべつだろう？」カールが言った。「ループの情報については、おれがあんたの頼みの綱だと言ったよね？」

ビルの表情はその点はまだわからんと告げていた。「あんたはどうしてオールダーを捜してるんだ？」彼はぼくに矛先《ほこさき》を向けた。

「彼の家族が心配してましてね。それで、わたしが彼を捜してるんです」

「純粋に善意からかね？」

「まあ、そんなとこです」

「で、どこにいるんだね、その……家族は？」

「ストリート、サマセットの」

「ストリートだと！」その反応ときたら、まるでぼくがバグダッドと答えたかのようだった。眉間の皺が深くなり、ものすごいしかめっ面になった。「彼はそこで育ったのか?」

「ええ、彼もわたしも」

「じゃあ、それであいつは知ってたんだ。ちくしょう。若いから知らないもんだと思ってた。あいつの年齢ならそのはずだった。だが、知ってたんだ。自分で言ってたより、ずっと多くのことを知ってたにちがいない」

「わたしにはなんのことか――」

「どこにいるんだ、あいつは?」ビルが大声をあげたので、台所から吠える声がした。「黙れ」と彼はどなる。すると、犬は命令に従った。ビルはぼくに注意を戻した。「名前はなんと言ったかな?」

「ランス」

「そうか、彼はどこにいるんだ、ランス? それがおれの知りたいことだ。彼はどこにいる、そして、何を企んでる?」

「わたしもそれを見つけだそうとしてるんです」

「それなら、あんたはくるとこを間違えたってわけだ、そうだろう?」

「これがどういうことか、どうしてランスに教えてやらないんだ、ビル?」カールが口をはさんだ。

「おまえが面倒なことを引き受けなくてすむように、かね? おれはときどき思うんだが、おまえのおやじはおれの忠告を聞き入れて、おまえが生まれたときに袋に入れて水に沈めりゃよかったんだ」

「そいつはあんまりだろう？　おれはあんたに尽力しようとしただけだ」

「尽力をな」

これでは堂々めぐりだと思われたから、ぼくは方向修正をしようとした。「これはアルミニウムと関係のあることですか？」

二人ともゆっくりとぼくのほうを振り向いた。ひと目で、アルミニウムとはまったく関係のないことだとわかった。

「なんのことだね、あんた？」カールがあざけるように訊いた。

「間違った路線のようだな、明らかに」

「そう、路線ね」カールがにやりとした。「そのほうがずっとぴたっとくるよ。鉄道線路にはさ」

「おまえからその先まで詳しく話してやったらいい」ビルが唸るような声で言った。「あんたはどうでも知りたくて、ほじくりださずにゃいられないんだろう？」

「このビルおじさんはすげえ犯罪者なんだよ、ランス」（いまやカールは――束縛から解き放たれた話し手は――勢いこんでまくしたてようとしていた）「彼はその世紀のもっとも有名な強盗事件に加わったんだ。そう、前世紀の。大列車強盗だ。六三年八月の。いいかい、三百万ポンドでアラブの産油国ひとつがそっくり買えたってころに、使い古しの五ポンド紙幣で三百万ポンドを手に入れた男たちの一人が、今、あんたの目の前にいるってわけだ」

「二百五十万ポンドのほうが近い」ビルはしぶしぶ訂正した。「しかもおれたちのなかに、おれたちの分け前まで奪ったやつらがいた。おれは十五万ポンドしか受け取らなかった」

「それでも今なら三百万の値打ちになってるさ」カールは言い張った。「もしもあんたがそれを住宅金融組合に預けといて、賢明な暮らしをしていれば」

「ああ」ビルは言った。「そのとおりさ。〝もしも〟ってやつだ。人生はいまいましい〝もしも〟だらけだからな。知ったふうな口をきくやつらがおまえにそう言うんだろう」

大列車強盗だって？　ぼくは一九六三年八月当時の警察よろしく、苦労しながらなんとか状況を把握しようとした。そのときにはまだ母親の子宮にいたぼくたちのような者でも、その事件のことは知っている。それは、そのあとすぐに有名になる強盗の一味が、グラスゴーからロンドンへ向かう郵便列車を、夜中にバッキンガムシアの田園地帯のまんなかで停止させ、焼却されるために王立鋳貨局へ運ばれる途中の相当な額の使い古しの銀行紙幣を、列車から奪い去った事件だった。事件後、一味のほとんどは捕らえられて、三十年の刑に処せられた。そのうちの何人かは脱獄したが、ふたたび捕らえられた。何冊もの本が出版され、映画が製作された。取り戻せない略奪金や、正体のわからない、すべての計画の背後にいるモリアーティ（シャーロック・ホームズの宿敵である数学教授）タイプの人物についての噂が飛び交った。それは国家的伝説のひとつになった。だが、このビル・プリティマンが？　そんな名前は聞いたこともない。それに彼はそんなすごい男のようには見えなかった。そんな人物らしい生活もしていない。とはいえ、それこそが彼が文句を言っていることにほかならなかった。

「レザースレイド農場で金を分配するあいだ、ビルには手袋をつけたままでいる分別があった」カールが話に戻った。「捕らえられたのは、不注意に指紋をつけた連中だ。だが、われわれのビルはちがっていた。彼は略奪金の分け前を持って、みごとに逃げおおせたのさ。とはいえ、口のうまい詐欺師たちの口車に乗せられて、それをもぎ取られてしまったんだけどね、そのあとの……えーと、どれぐらいのあいだにだったかな、ビル？」ビルの表情が、自分が計画的に騙し取られた話は詳しく説明したくないと告げていた。「あっというまにってことで手を打とう」カールは薄ら笑いを浮かべて話を続けた。「それが、こんなむさくるしいところで彼が晩年を過ごす羽目になった理由だよ。警察がやってきてドアをノックすることを恐れて、儲かる出版の契約を結ぶこともできずにさ。捕まった連中はもう刑期を勤めあげた。だが、逃げた者たちは……白状するわけにはいかないからな」

「おまえが出版社と取引すべきかもしれんな」ビルが言った。「そんなふうにぺちゃくちゃ喋る才能があるんなら」

「おれがその金を使うまえに、あんたがおれの腹にナイフを突き刺すだろうと考えなけりゃ、そうするところだけどさ」

「そう考えるとは頭がまわるな、おまえ。めっぽう頭がまわる」

「話の邪魔はしたくないんだが」ぼくは割りこんだ。「これがループとどんな関係があるのかな？」

「いい質問だ」カールが応じた。「じつを言うとな、ある晩、ループが〈ポール・スター〉でおれを大列車強盗の話に引きこんだんだ。で、おれは、それに関わった人物を知ってるかもしれんと彼ににおわせた。といっても、はっきりしたことは何も言ってない。ビルおじさんのドアにたどり着く手がかりを与えるようなことは何ひとつ。しかし……ほのめかしたのは事実だ。すると、ループが興味を示した。ひどく興味を示したよ。明らかに彼のほうもいくらか知っていた。ループはおれにある名前を教えた。それから……おれの知ってる人物が誰であれ……彼にこの名前を告げてみてくれと言った。そして、彼がそれを聞いて、自分に会ってこの男に起こったことについてもっと聞きたいと言うかどうか、あたってみてほしいと頼んだ」

「誰だったんだね、彼が名前を告げた男は？」

「ドルトンという男だ」（ドルトン？　自殺したストリートの農夫の一人？　ぼくはまったく話についていけなかった）「ピーター・ドルトン」

「あんた、彼について知ってるのか？」ビルが鋭い目つきでぼくを見た。

「いいえ」（そう、それはほぼ事実だった）「知ってるとは言えません」

「彼もその一味に加わっていたらしい」カールがそう言うと、ビルが確認のしるしにこっくり頷いた。「やはり捕まらなかった。二度と消息を聞かなかった。強盗事件のあとすぐに消えちまったんだ」(彼が死んだ農夫だったと仮定すれば、実際はこの憂き世から消えてしまったのだ)「それに彼は一味の正規のメンバーでもなかった。そうなんだ。ドルトンは一味に最初に情報を提供した男——その列車のことや、どれだけの金が積みこまれているかを彼らに教えた謎の男——の代理として加わってたんだ。彼はそのボスのためにひとつ余分に分け前をとった。そうだよな、ビル？」またもやこっくり。「そのあと消えちまった」

「ループは彼についてどんなことを知ってたんだね？」

「彼は死んじまったってことだ」ビルが答えた。「ドルトンは彼が所有してた農場で、頭を銃でぶっ飛ばして死んでいるのを発見されたらしい。ストリートの近くで。強盗のあと二週間と経っていないときに。オールダーが見せた新聞記事によると、自殺ということだった。自殺だと？　ふざけるな。死んじまって、金は跡形もない？　どう見たって彼は殺されちまったんだよ」

「殺された？」

「ループもそう考えてたよ」カールが口をだした。「そして、誰がやったかわかってると考えてた」

「誰だね？」

「その謎の男だよ。情報源だ」

「どうして彼がドルトンを殺すんだ?」

「自分の痕跡を隠すためだ」皮肉はみじんもまじえずに、ビルが答えた。「それもずっと計画の一部だったんだろう。サツはあんなにも早くおれたちを突きとめた。やつらには指紋しかなかったことを考えると、早すぎたよ。誰かがおれたちを裏切ったんだ。そんなに都合よくことを運べるのは、最初におれたちに計画を持ちかけた男しかいないだろうが?」

「あなたはその男の正体は知らなかったんですか?」

「ああ。誰も知らなかった。ドルトンだけだ」

「それとループ」カールが口をはさんだ。

「オールダーは彼を隠れ場所から追いだせると考えてたようだ」ビルが続けた。「どんなふうにやるのかは言わなかった。どうやって彼の身元を突きとめたのかも言わなかった。その男はスティーヴン・タウンリーと呼ばれていて、彼を見つけだす方法が自分にはある……オールダーはそう言った。タウンリーにすべてのいきさつを喋らせる。そしてその話を売れば、おれたちみんなが金持ちになれる。そう考えてた。彼はストリートの地元新聞にのったドルトンの写真を持ってた。おれが、そうだ、こいつが六三年の八月にレザースレイドで会ったドルトンに間違いないと言うと、彼はうまくやってのけられると確信したようだった」

「彼はタウンリーの写真も持ってたよ」カールが言った。

「彼が、これがタウンリーだと言ったんだ」ビルが言いなおした。

「タウンリーが鉄道の駅に立ってる写真？」ぼくは訊ねた。

「ああ」ビルはまたしても鋭い眼差しをぼくに向けた。「どうしてそれを知ってる？」

「その写真がループの台所にとめてあるんですよ。それはストリートから遠くない駅だった。そう、その駅が存在してたころには」（ぼくの頭はむなしく空回りしていた。こうしたことについて、ループが知っているはずはなかった。だが、彼は知っていた。〝彼はうまくやってのけられると確信したようだった〟ビルはそう言ったが、彼は今もそれほど確信を持っているのだろうか？）「あなたがループに会ったのはいつだったんですか、ビル？」

「あれはたしか……二ヵ月まえだ」（それは、ループが最後にロンドンを〝あわただしく訪れた〟ときだった）「あれから、彼がタウンリーを捜しだすのに必要だと言った日数の二倍は経ってる」

「ループが考えてたより、タウンリーは捕らえにくいのかもしれない」

「それとも、オールダーはタウンリーと取引して、おれを締めだしたのかもしれん。彼がおれにやってほしかったのは、ドルトンを確認させて、彼の恐喝の包みにしっかり紐をかけることだったのかもな」

「ビルの言ってることはわかるよ」カールが口をはさんだ。「そんなふうな状況に見えるもんな」

「ループは恐喝者じゃないよ」(だが、ビルの話が信じられるとしたら、彼は恐喝者だ。それがまさしく彼の正体だ。そうではないのなら、彼はタウンリーを見つけたら、そして、見つけたときには、どうするつもりだというのだ？　どうしてなんだろう？　彼が金のためにこんなことに関わるとは考えられない。こんなことにも、アルミニウムにも)「何か……誤解があるにちがいない」

「誤解なんかない」ビルは語気を強めた。「タウンリーについてわかったことはなんでも、おれに教えると彼は約束した」

「おれにもだ」とカールが口をだして、ビルからじろっとにらまれた。

「その彼が今では逃亡者をやってる」老人は言葉を継いだ。(ビルのだした結論はチャーリー・ホアとほぼ同じだと思われた)「あんたが友達を見つけたら、彼はおれに借りがあると伝えてくれ。それを支払ってもらいたいと」

「ええ、かならず。彼を見つけたら」

「何か手がかりはあるのか？」カールが問いかけた。

「ひとつ、ふたつは。あまり見込みはなさそうだが」

「だが、これからも報告してくれるだろうな、何かわかったら？」

「もちろん。わたしもあなたたちにおとらず、この問題をきちんとさせたいと思ってる」

「ほんとかね？」

「ああ」

「そいつは約束だな?」ビルが凄みのある声で念を押した。

「あなたがそう望むんなら」

「むろんだ」

「それなら、約束しますよ」

「よし。おれは約束が大好きでな」彼はふうっと吐きだしたパナテラの煙ごしにぼくを眺めた。「おれは人に約束を守らせるすべを心得てる、わかるな? だから、かならず守らせる。相手がそれを望もうが……望むまいが」


「なあ、ランス」そのすこしあとで、カールの車に乗りこんでケニントンへ戻ろうとしたとき、カールが言った。「ループの親友だと言ってる男にしては、あんたは…… 彼の性格があんまりわかってないようだな」

「それなら、あんたのほうが的確に判断してるというのか?」ぼくはそう言い返したものの、たしかにカールの言葉は的を射ていた。法を守りながら出世の階段をのぼっていた善良な旧友ループは、改宗したての男さながら、まるで何かにとり憑かれたように不正な人間になってしまったようだ。

「そんなふうに見えると言ってるだけだ。おれの推測だと、ループは間違いなくタウンリーって男にとって不利な情報をつかんでるようだ。ビルはひとつの疑問に答えてやっただけで、それ以外は何も教えられなかったのにさ」

「彼はタウンリーについてあんたやビルに何を話したんだね？　つまり、現在のタウンリーってことだが」

「何も。何ひとつ」

「訊ねなかったのか？」

「ビルは訊いたさ。でもループは黙ってた」

「あんたは彼の口をこじあけようとはしなかったのかね？」

「あんたはおれのこと、完全に誤解してるよ、ランス」彼は琥珀《こはく》色の街灯の明かりごしに、抜け目のない眼差しをちらりと投げてよこした。「おれは手荒なまねをするタイプじゃない」

「そいつは安心だ」

「そういうことじゃない。おれはこんなふうに考えてる。このタウンリーというのは、六三年にそんなことをやってのけたような、じつに非情な男だ。ループがどんな方法でそいつにとっかかることに決めたにせよ、彼が捕まえるにはあまりにも手強いやつだ。おれはビルの望みをぶっこわしたかないが——なにしろ、彼にはほかに生活していく手段がないんだからな——でも、ループが分配できる儲けをたっぷり持って戻ってくることはないだろうよ」

「それなら、彼に何が起こったと考えてるんだね？」

カールはそう訊かれて、ちょっと考えてから答えた。「はっきりわからないけど…… すごくよくないことだ」

5

考えねばならないことを山ほど抱えて真夜中をまわってからベッドへ行くのは、誰にとっても健全な眠りの処方箋ではない。ループは本当に極東の銀行から金を騙し取り、老獪《ろうかい》な犯罪首謀者を脅迫することを企んでいるのだろうか？　ぼくは疑問を抱いた。じつのところ、これまでに知ったすべてのことがどうにも信じられなかった。もっと気がかりなのは、そんなことにすこしでも巻きこまれるのは賢明だと思えないことだった。グラストンベリーへさっさと退却しろってことかな？　すくなくともそれが道理にかなった分別のあることだ。そうした気が楽になることを考えたおかげで、ようやく眠りに誘いこまれた。

ところが、台所からの物音ではっと目が覚めた。誰かが動きまわっている。腕時計を確かめると、四時になったばかりだ。細心の注意を払ってループの持ち物を調べた者が、もう一度捜すためにやってきたのだろうか？　心臓がどきどきしはじめた。

そのときトースターがポンと上がる音がして、ようやくぼくは思いだした。そうか、郵便局の職員は早起きなのだ。

「まあ、すごい」ぼくがよろよろしながら台所へ入っていくと、食べたり飲んだりしていたエコーが言った。「朝にはいつもそんなひどい顔してるの?」

「朝じゃないよ、今は。まだゆうべだ」

「何時ごろ戻ってきたの?」

「うんと遅く。ものすごく遅かった」

「ビジネスマンとお茶を飲む約束が、夕食にまでのびてしまったってこと?」

「いや、ちがう。ほかの人間のおかげで夜が遅くなってしまったんだ。ループの知り合いの〈ポール・スター〉で働いてる男だよ」

「カール・マドロンじゃないの?」

「きみも彼を知ってるの?」

「〈ポール・スター〉へ行く娘なら誰でもカールを知ってるわ。彼はいつも図々しく寄ってくるのよ。バーの向こう側にいればいいのに。彼とループに共通するものがあるとは考えなかったわ」

「ぼくもだ」ぼくは写真のモンタージュに視線を向け、スティーヴン・タウンリーの写真に焦点を合わせようとした。ひとつの名前とひとつの顔。それに、ビル・プリティマンの犯罪者としての過去。真相はどういうことだったんだろう? 「だが、ループに関して思ってもみなかったことがいろいろ出てきてね、ぼくも考えざるをえないようだ」

「どんなこと？」

「あとで話すよ。もっとはっきり説明できるようになったら」

「わかった。とにかく、わたしはもう行かなきゃ。ねえ、わたしの知ってるポルトガル人の店で、ディナーをおごってくれないかな？」彼女はにっこりした。当分のあいだ、ぼくにはつくれそうもない笑顔だ。「部屋代のかわりに」

「よし、そうしよう」ぼくは自分でマグを見つけ、エコーが沸かしたポットから紅茶を注いだ。「ここからカナリーウォーフへは、どう行くのがいちばんいいかな？」

「地下鉄ね、ロンドン・ブリッジ経由の」

「地下鉄以外で」彼女の眉がぐいと上がった。「そのこともあとで説明する」


その返事は、エレファント・アンド・キャッスルまでえっちらおっちら歩いていき、バスでシャドウェルまで行ってから、そこでバスを乗り換えてドックランズの中心部へ行くというものだった。じとじとと霧雨の降るなか、ラッシュアワーがまだ尾をひいている時刻に出発して、朝早くに仕事を始めた人たちがちょうど午前の休憩をとっているころに目的地に到着した。アイル・オブ・ドッグズは、ぼくがこの街から逃げだしていたあいだに、建築用地から都市へと変貌していた。一キロ以上もある並木道が、カナダ・スクエア・タワーのいちばん下の階にある、びっしり並んだ受付デスクへと導いた。メッセージが何階かの高さにあるユリビアへ電話で伝えられ、十分後にチャーリー・ホアがエレベーターからあらわれてぼくを迎えた。

「よくきてくれたね、ランス。きっと、わざわざきた甲斐があったと思うよ。さあ、行こうか？　ジュービリー線できたんだろう？　すばらしいよね、あれは？」

ホアの質問はあまり答える必要のないものばかりだったから、研ぎすまされているとは言えないぼくの精神状態には好都合だった。彼はぼくを地下の駐車場へ案内して彼のレクサスに乗せると、じぐざぐに車を進めてA一三に合流し、エセックスを目指した。チャーリー・ホアは、自分の海運界での経歴をぼくに簡単に説明しておく必要があると考えたようだった。ぼくのほうはときどき頷いたり、ときたま「ふむ、ふむ」と言ったりするだけで、それ以上何も言う必要がないうちに車はいつのまにかダゲナムを通り過ぎていた。

「わたしの経歴は海運業での紀元前にさかのぼるんだよ、ランス。コンテナ化以前に。実際にはそれよりかなり以前だ。三十七年というのは長い歳月だからね。つまり、それだけ多くの経験をしたってことだ」

「そうでしょうね」ぼくはもごもご相づちをうった。「あなたはわたしが生まれた年に仕事を始めたことになります」

「ああ、六三年の七月二十二日に。スティーヴン・ウォードの裁判の日と同じだったが、わたしのほうは気が遠くなるほど長く続けてきたよ」彼はそう言って笑い、ぼくもそれに合わせる努力をした。「当時はまだ家族といっしょにベカナムに住んでいて、列車はそのころはホーバン・ヴァイアダクトまでしかいっていなかったから、そこからは歩いて仕事に行った。言うまでもなく、ホーバン・ヴァイアダクトはオールドベイリー（ロンドン中央刑事裁判所）のすぐ隣だ。最初の朝の裁判所の外での揉み合いときたら、信じられないほどだった。世紀の裁判。そう言われてたからね。オフィスでよい印象を与えねばとあれほど躍起になっていなかったら、わたしも会社をサボって傍聴席の券を手に入れようとしただろう。だが実際にはあのとおり、わたしがいなくても、裁判はちゃんとおこなわれたがね」またしても笑い。

「大変な年でしたね、一九六三年というのは」

「たしかに。プロヒューモ事件。ケネディ暗殺。ローズ・クリケット競技場でのすごい国際試合」

「それに大列車強盗」

「それもあった」彼は眉をひそめた。「あなたがそれを持ちだすとは妙だな」

「どうしてですか？」

「ループはその事件について、しばしばわたしに訊ねたよ。わたしの憶えていることとか、当時、そのことでどんな噂が流れていたかとか。言っとくがね、われわれはプロヒューモ事件についても、おそらく同じぐらい話し合ったよ。ループはあのころのことにとても興味を持っていたから」

「彼が？」（それはぼくには初耳だった）

「そうだよ。たしかに興味をそそられるよね？　わずか数週間しか隔たっていない、世紀の裁判と世紀の犯罪。わたしはそのいずれの事件についても鋭い見識を持っていたわけではない。ズボンをおろしているところを捕まった政治家たちと、金の詰まった郵便袋を持ち逃げした悪党ども。たしかにおもしろい話だよ。むろん、あなたが時の首相、ハロルド・マクミランでなければね。彼はそのすべてを追及しなければならなかった」

「それでは、ループの興味は——純粋に歴史的なものだったのですか？」

「ああ、おそらく」環状交差路にさしかかってスピードを落としながら、ホアはちょっと考えた。「正直なところ、ループはわたしよりもよく知っているという印象を受けたね。とくに大列車強盗については」

「本当に？」

「ああ。あなたもその事件を思いつくとは奇妙だよ」

しかし、ぼくには奇妙だとは思えなかった。すこしも。

ティルブリーに到着し、埠頭のゲートを通り抜けた。ホアは門番とは顔なじみらしく、向こうは手を振ってわれわれを通した。そのあとホアは携帯でコリンという男に電話をかけ、停泊場のひとつで彼と会う手はずをととのえた。ぼくは物珍しげにあたりを見まわした。船荷を積みこんだり運びおろしたりしている船、クレーン、ガントリークレーン、組み立てブロック玩具のレゴさながらに積み上げられたコンテナ。その日は雲が低く垂れこめた険悪な天候で、またもや雨が降りだしていた。ぼくは最高のコンディションではなかったし、明らかにここでは門外漢だった。

「わたしは港が大好きでね」ホアは気分が高揚しているらしく、ちょっと声をつまらせた。

「ずっとそうなんだ。ひるがえる外国旗。広範囲にわたる目的地。珍しい異国の船荷。〝ビャクダン、シーダー材、甘い白ワイン〟」

「ここでそうしたものをたくさん扱ってるんですね？」

「これは詩の一行だよ、ランス。メイスフィールドの」彼はがっかりしたように頭を振った。「気にしないでくれ」

「これはおたくの船ですね？」車で通りすぎていくとき、ぼくは停泊中のコンテナ船の高くそびえる舷側に顎をしゃくった。〝ユリビア〟という名前が、巨大なひと文字ずつゆっくりとあらわれる。「なんの荷物をおろしてるんですか？」

　ホアは見まわした。「冷凍肉だろう、たぶん」

「メイスフィールドなら、なんと韻を踏ませたかな？」

　ホアは顔をしかめ、誘いにのってこなかった。「ああ、コリンがいるよ、ほら」

車が一台、前方にとまっていた。その横には、積みかさねられた多数のコンテナから離れて、なにやら侘びしげにぽつんと一個だけコンテナが置かれている。車の運転席側のドアにもたれている男は、明らかにわれわれを待っている様子だった。彼は自然に顔がほころんでしまう、にこやかな丸顔の持ち主で、川から吹き抜けていく身を切るような風が、彼の金髪や、スーツの上に着ている黄色の安全コートの襟を大きくなびかせている。彼の後ろにある赤く錆びたコンテナの脇には、白のペンキで〝ユリビア〟と書かれていた。

ホアが車をとめ、われわれも車から出た。「コリン・ディブリーだよ。こちらはランス・ブラッドリー」ホアがにっこりしながら引き合わせた。つづいて握手。「やあ、しばらく、コリン」

「しばらく、チャーリー。おれのオフィスのほうがずっとからっとしてて暖かいから、あっちのほうがいいんだけどね」

「用件にとりかかるまえに、あんたを誘って一杯やろうと思ってたんだが、ランスが用件を先延ばしにしたくなかったんだ」

「おれにもそのほうが都合がいい」ディブリーが言った。「チャーリーの話だと、あんたはループの友達だってね、ランス」

「そうです」

「彼のおかげでおれたちは少々頭が痛いんだよ。こいつのせいで」ディブリーはコンテナのほうにぐいと親指を曲げた。

「それが有名なアルミニウムの委託貨物？」

「そうだ」

「どれぐらいここに置いてあるんですか？」

「一ヵ月以上になるね。ループがあわただしくおれを訪ねてきてから二週間後に到着した。そのとき彼が言ったことから判断して……」ディブリーは肩をすくめた。「彼はなんらかのトラブルにおれを巻きこむだろうと悟るべきだったよ」

「大変なトラブルなのかね？」ホアが訊いた。「つまり、ユリビアのわれわれにとってはそうなんだが、あんたにとってもそうなのかな？　だって、スペースが足りないわけではないだろう？」

「スペースは金だよ、チャーリー。あんただって知ってるだろう。おまけに弁護士たちとのやりとりもある。それに税関」

「中身に関する疑惑かね？」

「そうだよ、もちろん。ロシアからの高額の積み荷となると、組織的な犯罪ではないかとかならず彼らは考える。持ち主が行方不明になれば……当然、彼らはなかを覗いてみたいと思うよ」

「彼らは何を見つけたんだ？」

「アルミニウム。彼らはそう言ってる」

「ひょっとして、わたしもなかを覗けますか？」ぼくはコンテナの正面の両開きドアに近づきながら、そう訊ねた。ドアにはてっぺんから底まで届くかんぬきが差してあったが、錠はかかっていない。

ホアがうんざりした眼差しをぼくに投げた。「そんなことはできっこない」

「それで害があるとは思えませんが」

「あんたにはないがね、おれにはたっぷりとあるんだよ」ディブリーがそう言って、ぼくの横から手を伸ばし、かんぬきが抜かれないようにとめつけてある小さな仕掛けのひとつを指でさわった。「これは税関の封印だ。これを壊すことは絞首刑に相当する罪だ」

「ちょっと考えただけです」

「むだな考えだよ、ランス」ホアが言った。「税関が中身を確認した。アルミニウム。そこに謎はない。謎は、ループが自分の積み荷をかたに、どうしてそんなに多額の金を調達する必要があったのかということだ」

「さらなる謎は、ここへやってきたとき、彼はいったい何に関わっていたのかということだ」ディブリーがそうつけ足した。

「そろそろパブへ行く時間だな」ホアが両手をこすりながら口をはさんだ。「またしてもこの話を聞く羽目になるんなら、わたしには酒が必要だよ」

われわれが埠頭をあとにして、車で陰気なティルブリーの境界地帯から走り出るころには、雨足が強くなりかけていた。ディブリーは車のなかでは明らかに時間稼ぎのために、ぼくとループとの付き合いについてどうでもいい質問をしていた。しかし、ついにビールにありついて一パイント容器を手にするや、ループのもっと最近の行動について話しはじめた。ぼくは彼から話を引きだす助けになればと、こっちからひとつの質問を投げかけることにした。「あなたがたはハシモトという男について聞いたことがありますか？」

「ないと思うよ」ディブリーが答えた。

「わたしもないね」とホア。「われわれと同じ職業なのかな、その人は？」

「わかりません。彼は先週、ループの家へ訪ねてきたようです」

「メッセージは残さなかったのかね？」

「ループと話をしたいということだけ」

「ループは今年は東京に駐在していた」ホアが考えこみながら言った。「そのハシモトという男はそこで彼と知り合いになったにちがいない。海運業に携わっている人間ということも充分考えられる。あちこち当たってみよう。電話番号は言い残したのかね？」

「いいえ」気がつくと、そう答えていた。「残しませんでした」ぼくの本能が、手の内をすっかり明かすなと告げたのだ。ホアがぼくに何もかも包み隠さず話していないのは確かだった。お返しをするのが理に叶ったやり方だ。

〈ワールズ・エンド・イン〉は名前にふさわしいパブだった。エセックスの湿原がテムズ川とぶつかる土手の陰に隠れるように建っていて、雨がはげしく降るなかでは、湿原がどこで終わり、どこから川になっているのかはっきりしなかった。けれども店のなかは、すべてのまともなパブと変わらぬ避難所だった。酒を買いランチを注文して、われわれが隅のテーブルに椅子を寄せると、ホアがぼくに聞かせる必要があると考えていることを、ディブリーは話しはじめた。

「おれはあんたほどループのことをよく知ってるとは言わないよ、ランス。おれはずっと、彼はうち解けないタイプの男だと感じていた。ちょっと冷淡な、取り澄ましたやつだとさえ。けれども、真っ正直な男だった。そのことに疑問の余地はない。彼は以前は数週間ごとぐらいにここへやってきて、おたがいに都合がよければ、たいていはここでいっしょに軽く食事をした。仕事に関するかぎり、彼はまぎれもなくユリビアにとっての財産だとおれは言っただろう」

「わたしも同じ意見だ」ホアが認めた。

「有能。まさしく彼はそうだった。ものすごく有能だよ。それはあんたが考える以上に稀《まれ》な資質だ」

「ルビーよりもさらに稀な」ホアが抑揚をつけて言った。

「またメイスフィールドですか？」ぼくは訊ねた。だが、返事の代わりにじろっとにらまれただけだった。

「とにかく」ディブリーが言った。「ループが八月の末にここへひょっこりやってきたときも、東京駐在のおかげで彼とはしばらく会ってなかったんだ。あれはバンクホリデーの翌日で、かなり静かだった。大勢の連中が出かけてたから。彼はアポイントも入れてなかった。おれがオフィスにいて、彼はラッキーだったよ」

「というか、アンラッキーだった」ホアが口をはさんだ。

「おれがオフィスにいないように彼は願ってた、チャーリーはそう考えてるんだ。そうすれば、おれを捜すという理由で彼は嗅ぎまわることができたからと」

「彼は何を嗅ぎまわってたんですか？」

「ああ、それ、それが問題だよな？　彼が何をやってたのかが。おれはまだ彼がユリビアを辞めたことを知らなかった。じつのところ、ユリビアが彼を寄こしたんだと思った。たしかに彼がそう思わせたんだよ。会社が取引先のことで心配してると彼は言った。ポンパーリーズ・トレイディングのことで。その会社のことで何か噂を聞いていないか、と彼は訊いた。返事はノーだった。もちろん、あとになって、ループ自身がポンパーリーズ・トレイディングだとわかった。ともかく、ランチをとるために二人でここまでやってきた。そのときになって、ようやく気づいたんだ、すこし……ちがってるのに」

「ループが？」

「ああ。まず、めずらしくよく飲んでたよ。彼のペースに合わせるのが大変だった。いつもはその逆なのに。それに、いつもより……そう、勢いがよかったと思う。ふだんより大声で話し、両手を振りまわした。何かで……気分が高揚しているように見えた。おれは東京のことを訊ねたが、彼はその話はしたくないようだった」

「どんな話をしたがったんですか？」

「過去の話だ、奇妙なことに」

「一九六三年の話だろう」ホアがつぶやいた。

「そのとおり」ディブリーが続ける。「一九六三年。その年のことで何を憶えてるかと訊いた。そう訊かれても、おれはそのころはまだ小学生だった。だが当然、頭に残ってることはある。おれと弟はトボガンで斜面を滑り降りる遊びに熱中していた。寒い冬だったんだ。それに夏には、コーンウォールですばらしいホリデーを過ごした。大きな事件もいくつかあったよ――プロヒューモ、ケネディ、大列車強盗。おれのようなガキが当時、理解できたごくわずかな説明を添えて、おれはそれらを披露した。ループはおれのすべての言葉を辛抱強く聞いているようだった。おれが話し終えると、彼は訊ねた。〝スティーヴン・タウンリーについて聞いたことはあるかい、コル？〟と」

ステイーヴン・タウンリー。そうか、また彼が出てきた。写真のなかの顔。過去の人物。

「あるんですか？」驚きを隠すために、ぼくは問いかけた。

「いいや。その名前はおれにはなんの意味もなかった。だからループにこう訊いたんだ。おれが聞いてるはずなのか？このタウンリーって男は六三年に何か注目に値することをやったのか？すると、ループはこう答えた。〝いいや、あなたが彼について聞いてるはずはない。でも、そうなんだ、彼は一九六三年に注目に値することをやった。そのことについて、あなたもいずれ聞くことになるだろう。わたしがかならずそうする〟とね」

「どういう意味だったんだろう？」

「誰にわかるかね。彼は謎をかけてたんだ。自分ひとりの奇妙なゲームをやってたんだ。お馴染みの〝あなたの知らないことをわたしは知っている。けれど、それが何かは言えない〟ってやつだ。あの決まり文句ほど、おれが苛《いら》つくものはない。一度、何を言ってるのかと訊ねたが、彼が質問をはぐらかしたんで、その話題はやめにした」

「それで、ループもやめたんですか？」

「しばらくは。だが、別れぎわに彼はまたそれに戻った。すくなくともおれはそう思う。かなり曖昧ではあったがね。〝それじゃまずいだろうかな〟と彼は言った。〝いちどに重大な影響が生じたら？〟〝何に影響が生じるんだ？〟とおれは訊いた。しかし、彼は微笑しただけだった。それから彼は、おれがよく聞きとれなかったことをつぶやいて――〝今にわかるよ〟と言ったと思うんだが――車に乗りこんで走り去った。おれはオフィスに戻ってからチャーリーに電話して、ループは、そのう、だいじょうぶなのかと訊ねたよ」

「だいじょうぶじゃない。今ならわれわれもそう言えると思うんだが、ねえ？」ホアはぼくに向かって眉を吊り上げた。「わたしはコリンに話した。ループが会社に辞職願いをだしてから二日間欠勤していることを。彼はユリビアの仕事でティルブリーへ行ったのではないことを。われわれにわかるかぎりでは彼はまだ東京にいるはずだと。ポンパーリーズ・トレイディング・カンパニーについては聞いたことがないと。しかし、そのあとで調べてみると、ポンパーリーズは新しい取引先で、横浜からここへ運ばれる途中のアルミニウムのコンテナの荷主だと、われわれのシステムにのっていた。わたしはあまりにも多忙だったから、そのことに関してはそれ以上は何もしなかった。ループがバカなまねをする気だとしても、彼個人の問題にすぎないと考えたんだ」彼はゆがんだ笑みを浮かべた。「もっと深刻に受けとめるべきだったよ」そう言うと、彼はぼくに視線を向けた。「いまやそうせざるをえなくなってる、そうだろう？」

ループの曖昧で得体の知れぬ企みを深刻に受けとめざるをえなくなったのは、チャーリー・ホア一人だけではなかった。何もかも複雑になるばかりだった。そして、複雑というのはおよそぼくには向いていない。ホアとディブリーは彼らの仕事上の会合に出るために埠頭へ戻り、途中の駅でぼくをおろした。のんびりした列車に乗り、魅力のないダゲナム・アンド・バーキングの内部を通ってロンドンへ戻るあいだに、ぼくは頭脳を思考モードに切り換えようとした。ループはタウンリーにとって不利な何かを――何かすごいことを――つかんでいる。それを明らかにするために彼には金――多額の金――が必要なのだ。〝今にわかるよ〟と彼はディブリーに言った。だが、われわれにはわかっていない。何も起こっていない。ループは消えてしまった。それがすべてだ。タウンリーは依然としてどこの誰かわからない。ループの言った重大な影響など生じていない。とにかく、今はまだ。けれども、彼はかならずそうするはずだ。彼がどういった影響を考えていたにせよ。

それは東京で始まった。いずれにしても、それが妥当な推測だ。そしてその推測が、これまでとらえどころのなかったミスター・ハシモトを指し示していた。フェンチャーチ・ストリートからトラファルガー・スクエアまでバスに乗り、小降りになってきた雨のなかをグリーン・パークを横切って彼のホテルに向かった。

ミスター・ハシモトはホテルにいなかった。気取ってホテルを歩き回るつもりはないのなら、こんな気取ったホテルに滞在する目的はなんだろうと訊ねようとしたとき、受付係のほうから晴れやかな声で問いかけてきた。「ミスター・ブラッドリーでいらっしゃいますか？」

「ええ、そうだが」

「ミスター・ハシモトは、あなたがお見えになるかもしれないからと、メッセージを残していらっしゃいます」

「どんなメッセージ？」

「彼はあすの午前十時に、ここであなたとお会いになれるそうです」

「よかった。ここへ伺うと伝えてくれ」


短い睡眠しかとれなかったことを考えると、待機ゲームというのも悪くはなさそうだった。そのことを実証しようと、ぼくは頭を振ってケニントン行きのバスをやりすごすと、ニュー・クロス・ゲートでさらされている生首のような気分をしゃきっとさせるために歩きはじめた。

ハードラダ・ロードにたどり着いたとき、ぼくの気分はまだ回復期だった。玄関ドアをあけたときループの電話が鳴りはじめたが、留守番電話に対応させるつもりだった。ところが、ウィンがどもりながらぼく宛のメッセージを喋りはじめるのが聞こえ、あわてて受話器を取り上げた。

「ハイ、ウィン。ランスだ」

「ええっ」どうして彼女がそんなに驚いた声を出すのかわからなかった。

「そっちの電話番号を教えてくれ。こっちからかけ直すから」

　この簡単な提案も彼女を当惑させたようだったが、ようやく彼女から電話ボックスの番号を聞きだし、そのあとすぐ、ピーピーという音が割りこんでくる心配なしに彼女と話をすることができた。

「じつのところ、報告できるような知らせは何もないんだよ、ウィン。ここで数人のループの知り合いに会ったんだが、彼がどこにいるのか誰も知らない」

「まあ」

「気の毒だけど、そういうことだ。あしたになれば、もっとわかるはずだけど」（とくに、一九六三年にストリート地区で二つの死体が発見されたさいに——そのひとつは彼らの父親のものだった——彼女の弟のハワードがどんな役割を演じたのかを明らかにするチャンスを、ロイヤルメールがもたらしてくれれば。ぼくはすぐにその場で、そのことをウィンに訊ねたい誘惑に駆られたが、彼女の電話でのぎごちない応対からして、微妙な話し合いに応じるのはむりだろうと判断した）

「そう」

「あしたの今ぐらいの時間に電話をくれないかな？　報告することがあるかもしれない」

「わかった。そうするわ」彼女はちょっと間をおいてから言った。「ランスロット？」

「ああ、なんだい、ウィン？」

「お世話になったの、あなたのお母さんに……わざわざ来てもらって」

「べつに遠くに住んでるわけじゃないんだから、そうだろう？」

「ええ、でも……」またしても間があく。「あなたにも本当に面倒をかけて。わたしたちのために、こんなにまでしてもらって」

「たいしたことじゃないよ」

「わたしたちはあなたを頼りにしてるのよ」（そんな人間は頭がおかしいか、それとも、よほど必死なんだ。たぶん、オールダー家の人たちはその両方だろう）

「何を見つけだせるかやってみるよ、ウィン。あした話をしよう。ぼくはもう行かなきゃならないんだ。バイ」


「じゃあ、変わった人たちなのね、ループの家族は？」その数時間後、ケニントンの一流のポルトガル料理のレストランで前菜をつつきながら、エコーがぼくにそう訊ねた。

「ああ、相当な機能障害者だよ」

「ステラ・ギボンズが彼らを創りだしたように聞こえるわ」

「誰が？」

「彼女は『つれない慰め牧場』を書いた作家よ」

「そうか。そのとおりだよ。ぼくにわかるかぎり、彼らがぼくから手に入れることになるのは、つれない慰めだけだ」

「よしてよ。あなたはそんなへまはやってないわ」彼女はきらきらする微笑をぼくに振る舞った。それは彼女の瞳に揺れるオレンジ色のきらめきを、いちだんときらめかせることはできなかったけれど。「あなたがもう見つけだしたことだけでも、わたしにはびっくり」

「へえ、そう？」

「アルミニウムの密輸入とか。大列車強盗とか。そんな謎めいた人のところに下宿してたなんて思いもしなかったわ」

「かならずしも密輸じゃないよ」（エコーに打ち明けたのはいい考えだったかなと疑問を抱きはじめた。だが、二杯も酒を飲むと誰かに打ち明けずにはいられなかったし、エコーに利己的な目的がないことはわかっていた）「プリティマンと、このタウンリーという男については……」ぼくは肩をすくめた。「まるでわからないよ」

「たぶんミスター・ハシモトがそのすべてを結び合わせてくれるわ」

「たぶんね。だが、そうならなかったら……」

「なあに？」

「そこで行きどまりになる。ほかにぼくにできることは何もない」

「簡単に諦めてしまうの？」

「どんな選択肢も残されてないよ」

「がっかり」彼女は本当に失望したかに見えた。「あなたは真実を捜しだすまで、やりつづけるつもりだと思ってた」

「きみはぼくを完全に誤解してるよ、エコー。ぼくは生まれつき意気地なしだ」

「ふうん、そうなの?」彼女の目がぐっとすぼまった。「それはどうかな」

「きみはじっとして様子を見てるだけだけど。そのあいだ……」ぼくはヴィーニョ・ヴェルデをがぶりと飲んだ。「それより、どうしてエコーなんて名前がついたのか話してくれないかな?」

彼女はかぶりを振った。「それはできないわね」

「どうしてだ?」

「女の子には秘密の二つか三つはなきゃね」彼女はじらすようににやりとした。「でも心配しないで。わたしのはどれもループの半分もおもしろくないから」

「今度はぼくが、それはどうかなと言う番だ」

「では、ほかのことを考えましょう」彼女の微笑がかき消えた。「あなたが空振りに終わったら、わたしはどうすればいい?」

「どういうことなんだ?」

「つまり、ハードドラダ・ロードから引っ越すべきかしら? 国際的な商品詐欺師のところに下宿していては、わたしにも害がおよぶかもしれない」

「きみが危険にさらされてるとは思わないよ、エコー」(正直にそう言えるだろうか? ル

ープはかなり汚れた流れに踏みこんでしまった――いつかその流れはわれわれの足元に押し寄せるかもしれない）

「それでも、引っ越すほうが利口じゃないかしら？」

「そうかもしれないね」

「たぶんそうする。あなたが荷物をまとめてサマセットへ帰ってしまったら。それがもっとも安全な選択にちがいないわ」彼女の顔がふいにくしゃくしゃにゆがんだ。「そして、そうなったら……」

「どうした？」

「ええ……」彼女は思いつめたような表情で手にしたワインを見つめた。「そうなったら、ループは本当にいなくなってしまうのね？」

6

翌朝、ぼくが起きたときには、エコーは郵便物区分所へ行ってしまっていた。急ごしらえの朝食を食べながら、ヒルトンへ十時に行くには、九時半にはバスに乗らねばならないと計算した。エコーによると、郵便物はその時刻までに間違いなくハードラダ・ロードに配達されているということだったが、その点に関する彼女の確信は現実とはずれていた。九時になり、九時を過ぎたが、窓の外へしじゅう目をやっても、近づいてくる郵便配達人の姿はあらわれなかった。とうとうバス停へ向かおうとしたところへエコーのぐずな同僚がやってきて、ぼくはおやじの手紙をつかんだまま出発する羽目になり、ハイドパーク・コーナーに向かってがたがた走っていく三十六番のバスの上階に腰を落ち着けてから、やっと中身に目を通しはじめた。

予想どおり、おやじは完璧な切り抜き仕事をやってくれていた——一九六三年の夏と秋に、そうした不幸な出来事が集中的に起こった理由について考える特集記事二枚といっしょに、農場関係の人たちの急死と、そのあとの検視陪審についての報道記事がひと束。

正確な人数については議論のわかれるところだった。四人、もしくは五人で、それはシャプウィックの近くで泥炭掘りの事業をやっていた、レジナルド・ゴートンを含めるか否かによるのだった。彼は九月はじめに心臓発作で亡くなった。ジンクスを信じたがる人なら含めるだろう。その連続事故は七月終わりに、アルバート・クリックが納屋の屋根から転落したことから始まった。つぎには、ほかならぬピーター・ドルトンが、アシュコットの近くのウィルダネス農場で、銃創によって死んでいるのが発見された。日にちは八月十九日の月曜日。まさしくビル・プリティマンが言ったとおり、八月八日木曜日の大列車強盗から二週間と経っていない。

もちろん《セントラル・サマセット・ガゼット》は、バッキンガムシアでの重大犯罪との繋がりについて——本当に繋がりがあるとして——知るはずもなかった。ドルトンはその前年に父親からウィルダネス農場を相続したが、近所の農夫たちによれば、その経営に苦労していた模様だと記されていて、それとなく猟銃自殺をほのめかしてあった。一ヵ月後の検視陪審も、検視官が〝死者と銃の位置関係に小さな矛盾がある〟と述べたにもかかわらず、自殺説を支持した。検視官の言葉はどういうことだったのか？　《ガゼット》は追及しようとはしなかった。

ドルトンの死体発見に関しては、ハワードの名前が新聞に載っていた。〝ストリートのペンフリスに住むハワード・オールダー（十五歳）が、ウィルダネス農場の中庭の小道を自転車で通っていたとき、搾乳場の戸口に人が倒れているのに気づいた〟この発見はさぞかしおぞましく怖ろしいことだったにちがいないのに、それについては何も書かれていなかった。検視陪審でもハワードにはまったく言及されていなかった。ループをとおしてぼくがハワードを知っていた年月のあいだに、その事件についてはちらとも聞いたことはなかった。なんとも奇妙だ。

その様相はさらに奇妙になった。ゴートンも連続死亡事故に含めた場合、六週間以内に三つの事故が起こったことになる。その点が、十月の終わりに四番目の死亡事故が起こったあとになって、ようやく深刻に受けとめられたようだった。十月二十八日の月曜日の午後、オセリーの近くにあるメレリーズ農場の所有者の息子、アンドルー・ムーアが、A三九とA三六一の交差点で、乗っていたバイクがトラックにはねとばされて事故死した。それは時計の針が冬時間に戻された翌日で、夕暮れが早まったことも原因のひとつだった。しかし、ハロウィーンが近づくとともに、胸が悪くなるような恐ろしい話が広まりはじめた。おやじはぼくのために編集者宛の二、三通の手紙をコピーしてくれていた。〝われわれの農業社会に呪いがかけられているという、とんでもない話にはなんの根拠もないのでしょうが、こんなにも多くの死を偶然の符合だとは考えられません〟――そういうことだった。

五番目にあたる連続事故の最後のものは、十一月十七日の日曜日に起こったジョージ・オールルダーその人の死だった。その週に《ガゼット》はこう報じている。〝ミスター・オールダーはその日の早朝に散歩に出かけた。午後の半ばになっても彼が戻らないので、家族は心配になった。彼の十五歳の息子、ハワードは自転車でカウ・ブリッジへ行き、ブルー川の土手ぞいに父親を捜しはじめた。そこはミスター・オールダーが最近、いつも散歩する場所だった。ついにハワードは、橋からすこし西へ行ったところで、アシの茎にからまっている父親の遺体を見つけた。ミスター・オールダーは溺死したものと考えられる〟

それは新聞記事としては奇妙だった。ハワードがいまや二つの死の重大な場面に登場したことを《ガゼット》は指摘していないのだ。おそらく繊細な心づかいから抑制したのだろう。ほかの発行物ならそのことを取り上げたにちがいない。それに、ジョージはどうして最近、ブルー川のほとりを散歩していたのか？　それについても何も記されていなかった。ヒントすら。彼の妻の妊娠についてはどうなんだろう？　そのことまで書かなくても、事故そのものが充分な悲劇だったようだ。それには触れてなかった。クリスマスの直前におこなわれた検視陪審では事故死の評決が答申された。検視官は、この地域におけるほかの死との繋がりが取り沙汰されているようだが、それは〝無神経であるとともにばかげた噂である〟と力説した。それがそうした噂にとどめをさしたようだった。

十一月の午後のカウ・ブリッジ。北には暗く翳っていくウェアリオール・ヒルとその頂《いただき》。南にはストリート・ドローヴぞいに歩哨《ほしょう》のように立ちはだかるポプラ並木。そこは、脳裏から消えない怖ろしい発見をするには、さぞ不気味な場所だったろう。ましてや当時は、グラストンベリーからバトリーへ行く道にはほとんど車の往来はなかったと思われる。ハワードが冷たい灰色の水を覗きこみながら土手ぞいに進んでいったときには、あたりはほぼ完全に静まりかえっていただろう。そして、ついに彼は……

ぼくはその五日後にバトリー・コテージ・ホスピタルで生まれた。ループのほうは翌年の春に生まれた。そのすべてが終わったちょうどそのときに、ぼくたちの人生が始まった。しかし、何が終わったのか？　土地に呪いがかけられているという噂を意識的に忘れ去ることだろうか？　検視官が関係づけようとするのは無神経でばかげていると考えた、その繋がりこそがハワードだった。ドルトンとハワード自身の父親を繋ぐもの。それとさらにタウンリーを。二つの死体と一枚の写真。そこにはどんな意味があるんだろう？　結局はどういうことなのか——当時は？　そして現在は？　ぼくに手がかりはなかった。というより、いくつかの手がかりがあるにはあるが、それらはすべてあまりにも謎めいていて、わけがわからなかった。

とりわけ謎めいているのが当のハワードだった。彼は隠し立てをするタイプには見えなかった。実際に何かを隠すことができるとは思えなかった。だが今では、ぼくにも多少は事情がわかっていた。彼はたくさんのことを隠している。そして、そのすべてはあまりにも深く彼を傷つけるものだったから、思い出すことができなくなったのだ。だが一方、彼がショック性障害を負っているとは誰も言ったことがない。ループはいつも、ハワードは生まれつき知能が低いのだと言っていた。とはいえ、どうしてループが知っているのだ？　今も生きている者で、ハワードの人生の最初の二十年について直接情報を提供できるのは、ウィンとミルだけだ。どうして、いつ、彼の知能が衰えはじめたのか、彼女たちならよく知っているはずだ。父親の死体がブルー川に浮かんでいるのを発見したことが、それに拍車をかけたにちがいない。しかし、彼女たちはそのことについてひと言も洩らしたことはない。それにしてもその死の現場が、どうして八キロも南のセッジムア・ドレーンへ移ってしまったんだろう？

切り抜きに添えた手紙でおやじが認めているように、そのことがぼくばかりでなく、おやじも頭を悩ませた疑問だった。

〝セッジムア・ドレーンというのは、当のオールダー家の人たちがそう話したと断言できる。どうして彼らはそんな話をでっちあげたんだろう？　たしかにハワードはあの夏と秋、そのことで辛い思いをしたにちがいない。しかし、母さんに確かめたところ、メイヴィス・オールダーはあの経験がハワードの知的障害の原因だと言ったことはなかったと、母さんは自信をもって言い切っている。彼がクラークスにいたあいだに、その話題が持ち上がった憶えもない。おそらく、みんなそのことは思い出したくなかったんだろう。あのジンクスはすぐに忘れ去られるたぐいのものだったのだ。げんにわしも、そのことはすっかり忘れていたと言っていい。ドルトンの死に関する記事はわしには奇妙に思われる。おまえはどうかね？『死者と銃の位置関係に矛盾がある』検視官は何を言おうとしたのか？自殺以外の可能性だろうか？　二枚の記事のなかに出てくる警官——フォレスター警部——は、じつを言うと、ドン・フォレスターのことで、彼は警察を引退したあとの数年間、クラークスで働いていた。（ハワードはそのころには辞めていた）わしはしじゅう、ドンが〈テスコ〉でカートを押しているところを見かけるが、もう八十を過ぎているはずなのに、年のわりにはかなりきびきびしている。彼にそれらの死について訊いてほしいかね——とくにドルトンのことを？　もちろん、そんなことをしても、なんにもならないかもしれん。誰にわかるだろう？　返事を寄こしなさい。それ以上、わしにやれることは何もない。わしもこれには興味をそそられていると認めねばならん〟

急ぎ足でハイドパーク・コーナーの地下道を通り抜け、〈ヒルトン〉へとパーク・レーンを歩いていくあいだも、ぼくはまだこのことを考えこんでいた。おやじにはぜひ、ドン・フォレスターにいくつかのことを訊いてほしかった。たとえば、ドルトンは実際は殺害されたと、フォレスターは考えているのか？　もしそうなら、誰に殺されたのか？　スティーヴン・タウンリーの名前は《セントラル・サマセット・ガゼット》の記事には出ていなかった。けれども、たぶん名前はあがっていたはずだ。ひょっとしたら、その名前が出てくるかもしれない。

　十時二、三分まえにホテルに入り、大理石をふんだんに使ったロビーを横切って受付に向かった。厳密に言えば、約束の時間より早かったが、ミスター・ハシモトには早すぎなかった。一人の人物がぼくの行く手にひょこひょこ出てきた――小柄のほっそりした体格で、グレイのスーツを着ている。気がつくと、学生みたいなもじゃもじゃの白髪まじりの黒髪に、穏やかで悲しげな目をした日本人の顔を、ぼくは覗きこんでいた。金縁の眼鏡がヒルトンのスポットライトを浴びてきらきら光っている。「ミスター・ブラッドリーですか?」彼は問いかけた。Rの発音にかすかだが、東洋人に特有の紛らわしい曖昧さがある。「わたしがキヨフミ・ハシモトです」

「あー……お会いできて嬉しいです」われわれは握手した。相手のほうはほんのちょっと頭もさげた。「どうしてわたしだとおわかりになったのですか?」

「ひと目でわかりましたよ、ミスター・ブラッドリー。本当です」

「そうですか。それはいいニュースなんでしょうか、それとも、悪いニュース?　つまり、ひと目でわかるというのは」

「それは事実です。それだけですよ」

「事実?　なるほど。わたしはすこしでも事実が手に入ればありがたいのです」

「わたしもです」(彼は皮肉を言ったのだろうか?　ぼくにはわからなかった。ぼくばかり

ではなく、橋本清文の場合はたしかに誰にもわからなかっただろう)

「わたしはループ・オールダーの友達なんです、ミスター・ハシモト。あなたに彼を見つける手助けをしていただければ……」

「それが、あなたがやろうとなさってることですか?」

「ええ。彼の家族が彼のことを心配してます。彼は、えー……」

「姿を消してしまった」橋本は頷いた。「わたしも彼を捜してます。われわれは助け合えるかもしれません」

「ええ、たぶん」

「公園をぶらつきませんか? ここで話をするより……気持ちがいいでしょう」

その朝はぶらつくには寒すぎるし、じめじめしているとぼくは思った、たとえ公園を散歩するのが習慣だったとしても。しかも、ぼくにはそんな習慣はなかった。霧雨を防ぐためにばかでかい〈ヒルトン〉のゴルフ用の傘をかかげ、ぴかぴかのラウンジ向きのトカゲ革の靴で、泥まみれの落ち葉の吹きだまりを慎重に踏んでいく様子からして、橋本もかならずしもアウトドア・タイプには見えなかった。

「あなたも海運会社の方ですか、ミスター・ハシモト?」二人でなんとなく西のサーペンタイン池のほうへ歩いていたとき、ぼくはそう問いかけた。

「いいえ。マイクロプロセッサーの仕事です。わたしがなんとかループを見つけようとしているのは、仕事とは関係ありません」

「ないんですか？」

「まったくありません。アルミニウムは……ほかの人の問題です」

「アルミニウムのことをご存じですか？」

「ロンドンにきてから、その件を見つけだしました。でもそれは……わたしの厄介な問題の……付属物です」

「付属物？」

「二義的なものなんです。ほとんど関連性はない。ねえ……」彼は眼鏡ごしに、ちらっと流し目でぼくを見た。「あなたはループのいい友達ですか、ミスター・ブラッドリー？」

「ええ、子どものころからずっと」

「それなら、おたがいに堅苦しくするのはやめて、ざっくばらんに話し合いましょう。あなたをランスと呼びますよ、いいですね？」

「けっこうです」

「わたしのことはキヨフミと」

「わかったよ。キヨフミ。えー、ループとは東京で出会ったのかな？」

「そう」

「出会ったいきさつは？」

「わたしの姪が彼と付き合うようになったので、この夏に二、三度、姉の家でループに会った」

「あなたの姪が……」

「ハルコ。いい娘だよ」

「きっとそうだろうね。それでは、彼女とループは……」

「炎のようなロマンス」橋本は微笑した。「彼女の母親はたいそう喜んだ」

「あなたは？」

「もちろん、わたしも。ループは……」彼は肩をすくめた。「親切そうだった。チャーミングで、すぐに好感が持てるタイプで」（その描写はたしかにループにぴったりだった。けれども、炎のようなロマンスというほうは、これまで馴染みのないものだった。それでも、彼が誰かを好きになったら、それは一途なものになるだろうとぼくは思った）

「ハルコのお父さんはどう思ったの？」

「父親はいっしょにはいないんだよ、ランス」（それは亡くなったということだろうか？ぼくには訊ねる勇気はなかった）「だから、わたしは彼女にとって……叔父以上の存在にならねばならないんだ」

「そのロマンスはどれぐらい真剣なものだったのかな？」

「ハルコのほうはすごく真剣だった。彼女はループと結婚したいと願ってたと思う。彼女の母親がそう話してたから」

「で、ループのほうは？」

橋本は溜め息をついた。「こんなことを言うのは忍びないんだがね、ランス。あなたは彼の友達だから、彼をよく思っているにちがいない。だが、じつのところは……彼は彼女を騙してたんだ。彼は彼女との結婚を望んではいなかった。彼が欲しかったのはほかのものだった。それを手に入れたとたん……彼は消えてしまった」

「なんだったんだね、それは？」（なぜかぼくは、それははっきり告げられるようなものではないと、すでに悟っていた）

「ハルコの母親――わたしの姉のマユミ――の所有物だ」橋本はそこでちょっと口をつぐんで、ぼくを見た。「ループはそれを盗んだ」

「盗んだ？　そんなことは信じられない。ループは――」言葉がとぎれた。泥棒じゃない？　詐欺師じゃない？　裏表のある人間じゃない？　なんであれ、ループをそういう人間だと非難することはできないと、以前のぼくなら言っただろう。だが今は、彼自身の行動がべつのことを告げているように見える。

「ループはマユミに近づくためにハルコを利用した。自分の欲しいものをマユミが持っていることを彼は知っていた。それで彼は、とうとうハルコを説き伏せ、それの隠し場所を教えてもらった。そのあと、それを盗んで逃げた。夜盗のようにと言っていい」

「何を盗んだんだ、彼は？」

「手紙だ。それを……タウンリーの手紙と呼ぶことにしよう」

「タウンリー？　彼を知ってるの？」

「知ってる。とは言っても、わたし自身はよく知らない。マユミが、わたしが承知していても安全だと判断したことしか話してくれないのでね。彼女はわたしより十五歳年長で、何がわたしのためになるかを、わたし以上に的確に判断できると思いこんでる。でも彼女の判断力は自分で信じているほど確かではない。あの手紙を彼女は保存しておくべきではなかった。破棄すべきだったんだ」

「それにはいったい何が書いてあるんだ？」

「知らない」（彼は嘘をついているんだろうか？　その見込みは半々だった。彼の表情からはまったく読みとれない）「それについても、わたしは知らないほうが安全だとマユミは考えている」

「でも、それはタウンリーからの手紙なんだろう？」

「ちがうよ。タウンリーについての手紙だ」

「マユミ宛の？」

「そう」

「誰から……」

「知らない」

「いつ書かれたもの？」

「ずっと昔。何十年もまえ」

「三十七年まえ、かもしれない？」

「かもしれない」

「マユミはタウンリーを知っていたの？」（橋本は見たところ、四十代の終わりにさしかかっているると思われる。ということは、彼の姉は六十代のはじめだ。どうやら計算は合うようだ）

「ああ。ごく若いころに」

「東京で？」

「そう」

「彼はそこで何をしてたんだね？」

「兵士だった。アメリカの。日本に駐留していた」

「マユミは彼のガールフレンドだったの？」

「そうではなかった……厳密には」

「じゃあ、なんだったのかな……厳密には？」

「そんなことは重要じゃないよ」（もちろん、重要だった。けれども、橋本の曖昧《あいまい》さからにじみだすものが、実際に彼自身にもはっきりしないことがかなりあるのを暗示していた。彼の姉は彼にも隠しているのだ。とはいえ、ループがぼくたちみんなに隠していたこととは比べものにならないだろう)「重要なのは、その手紙がタウンリーにとっては危険だということ。それは彼を傷つけるということ。彼に不利に使われかねないということ。だからこそループはそれを手に入れたかった。そこであなたに訊ねたいんだが、ループはなぜタウンリーを傷つけたいのだろう?」

「わからない。彼の兄と何か関係があるのかなって気がするぐらいで」

「復讐?」

「そんなところかな」(だがどんな復讐? たとえタウンリーがドルトンを殺して、列車の金の一部を持ち逃げしたとしても、どうしてそれがループと関係があるんだろう? そのことをどうして彼がそんなに気にかけるのだ?)

「その手紙はタウンリーにとって危険なだけじゃない。マユミにとっても危険なんだよ、ランス。わたしはそれを取り返さねばならない。これは名誉にかかわる問題どころじゃない。生死にかかわる問題なんだ」

「それほどゆゆしいこととは考えられないが」

「いや、そうなんだ。ループは大変な暗黒の場所に迷いこんでる」

「ばかなこと言わないでくれ」(とはいえ、ぼくは今まさに暗闇で平静を装っているのだっ

た）

「われわれは彼を見つけねばならない」

「それは難問かもしれないよ……キヨフミ。彼がどこにいるのやら、かいもく見当もつかない。あなたと意見が合いそうなのは……」ぼくは肩をすくめた。「タウンリーを見つけること。そうすればループも見つかる」

「タウンリーの居場所は知らないよ」

「お姉さんは？　彼女ならわかるだろう？」

「だめだな。彼とは会ってないし――彼からの連絡もない――四十年以上も」

「三十七年ということにしたんじゃなかったかな」

「あなたが勝手に三十七年にしたんだよ」

「オーケー。ものすごく長い年月ということで折り合おうか？」

「そうだね」

「そのあいだ、マユミはタウンリーにまったく連絡をとらなかったの？」

「ああ、そうだ」

「それなら、二人がかつて知り合いだったことを、ループはどうやって知ったのか説明してもらえるかな？」

「運悪く」

彼があとを続けるのを待ったが、彼は傘の陰からしかつめらしい顔でぼくを見つめるだけだった。

「それで説明になってるの？　だってわたしは――」

「失礼ですが」

いきなり横から割りこまれて、橋本がぼくと同じくらい驚いたのかどうかわからない。たしかにぼく以上に驚いたようには見えなかった。一人の男がわれわれの横にぬっとあらわれた。傘に遮られて彼が近づいてくるのが見えなかったのだろう。背の高い、ちょっと猫背の、仕立てのいい黒っぽいレインコートを着た男だ。短い灰色の髪。細い悲しげな顔つき。声音はその眼差しにふさわしく、穏やかではっきりしている。彼の視線がゆっくりと、だが興味ありげに、ぼくから橋本に移り、また元に戻った。

「わたしはジャーヴィスといいます。あなたがたはわたしをご存じないが、わたしのほうは存じ上げています。ミスター・ハシモト。ミスター・ブラッドリー」彼は礼儀正しくわれわれに頷いた。「それにわたしはルーパート・オールダーも知っております。彼はわれわれに共通の関心の的、とでも申しましょうか」

「あなたはわれわれをつけてたのですか？」橋本の問いかけには苛立たしげな響きがあったが、ぼくは彼を責める気になれなかった。

「ここだけではありません。つまり、組織としての話ですが」

「なんですって?」男のもってまわった言い方にぼくもいらいらしてきた。

「お許しください、驚かせて。やむをえなかったのです。反目する必要はありません。わたしの名刺です」

彼はポケットから名刺を二枚とりだし、一枚ずつ渡した。それによると、フィリップ・ジャーヴィスはマイヤーズカフ・ユードルという会社の代表者で、名刺にはハイ・ホルボーンの住所と、電話やファックスやEメールの番号がずらずら並んでいたが、業務内容は明記されていなかった。

「わたしどもは秘密調査を扱っております」質問されることを見越して、ジャーヴィスはそう説明した。「わたしどもはこの分野では世界でももっとも大きな会社のひとつです。言うまでもなく、こうした分野ではどんなに抜きんでていようと、仕事の性格上、それが吹聴されることはありません。わたしどもの会社は個人的推薦に大幅に頼っております」

「それで、われわれのことを調べてるんですか?」橋本が訊いた。

「正確にはそうではありません」

「では、なんだよ……正確には?」(男は完全にぼくを苛つかせていた)

「ミスター・ルーパート・オールダーはわたしどもの顧客です。あなたがた同様、わたしどもも彼のことが気がかりなのです」

「金を払ってないんですか、彼は?」

「じつを申しますと、そうなんです。しかし、彼は払えるものなら払うだろうと思います。わたしどもの料金にしても、彼のアルミニウム詐欺の儲けを食いつくすわけではありませんから」(明らかに誰もが、そのことについては承知しているようだ)

「彼はあなたに何を依頼したんですか?」

「推測できませんか?」

「タウンリーを見つけること」橋本が言った。

「そのとおりです」

「で、見つけたんですか?」ぼくはたたみかけた。

「いいえ」ジャーヴィスは薄ら笑いを洩らした。「しかしながら、彼がこちらを見つけたと言えます。じつを申しますと、それがわたしがここへきた理由です」

「どういうことです?」

「サーペンタイン池のほうへ参りましょう。さざ波は心を静めてくれますよ。歩きながら説明します」

われわれは真っ直ぐ池に通じている小道を歩きだした。ジャーヴィスは約束どおり説明しはじめた。彼の声が小さいために、一語も聞き洩らすまいとすれば――すくなくともぼくは聞き逃さない決心だった――、彼のそばにぴったりついていなければならなかった。これは彼の慎重な盗み聞き防止テクニックだろうかと考えた。それからさらに、そんなことを考えるのは、ぼくのほうの妄想症の徴候なのかなと思った。

「厳密に申しますと、こうしたことはいっさい、あなたがたにお話しすべきではないのです。マイヤーズカフ・ユードルの評判は、第三者に秘密を漏らさないことに基づいています。とはいえ、これは例外的な状況です。わたしの経験でも完全に例外的なもので、それはけっして取るに足りないことではありません。それについては、のちほど詳しくお話しします。最初から説明しますと、ミスター・オールダーは四ヵ月まえにわたしどもの東京オフィスを通して、彼が提供できるごくかぎられた情報をもとに、スティーヴン・タウンリーなる男の居場所を突きとめるよう依頼されました」

「その情報はどの程度かぎられたものでしたか？」

「われわれの目的にとっては、ひどくかぎられたものでした。ミスター・オールダーが知っていたのは、タウンリーがアメリカ人であり、年齢はおそらく六十代で、以前はアメリカ合衆国陸軍に勤務していて、一時期、日本に駐留していたということだけでした。彼はさらに、タウンリーの昔の知人二人の名前を告げましたが、その一人は亡くなっています」

「ピーター・ドルトン」

「ご存じなんですね。もう一人は――」

「わたしの姉だ」橋本が口をはさんだ。

「そのとおりです。ミスター・ハシモトがお姉さんについてどの程度あなたに話したのか存じませんのでね、ミスター・ブラッドリー、すでにご存じの情報を提供してうんざりさせたら勘弁してください。タウンリーを追跡しようとして、わたしどもは彼のルーツにさかのぼり、そこから進めていきました。わたしどもの職業では標準的な手順です。合衆国陸軍の記録や、ほかのありきたりのデータベースからは、明白で単純な事実しか手に入りませんでした。スティーヴン・アンダーソン・タウンリーは一九三二年五月十七日に、オクラホマのタルサで生まれました。シングルマザーの一人息子です。ついでですが、母親はずっと以前に亡くなっています。彼は一九四九年の夏に高校を卒業するとすぐに十七歳で陸軍に入隊し、合計十三年勤務したのち、軍曹の位で除隊しました。彼は入隊後ただちに朝鮮で多くの戦闘に参加しました。そのあとはほかの多数の兵士と同様、あちこちにまわされました。だがわれわれの目的にとってとくに重要なのは、五〇年代なかばに彼が西ベルリンで過ごした一年あまりでした」

「どうして、それが？」ジャーヴィスが息継ぎのため、もしくは、効果を狙ってちょっと間をとったとき、ぼくはそう問いかけた。

「なぜなら、サマセットの農夫の息子だったピーター・ドルトンがその同じ時期に、英国陸軍の兵士として西ベルリンに駐留していたからです。二人の男はその時期に知り合ったにちがいないとわたしどもは考えております。それに、タウンリーはそこに駐留していたあいだにドイツ人の娘と結婚したからです。ローザ・クラインフルスト。一九五五年はじめに彼が故国へ帰されたとき、ローザも彼といっしょに合衆国へ行きました。その年に彼らの最初の子ども、エリックが生まれました。その一年半後には娘が生まれましたが、そのころには結婚は破綻していたようです。ローザが子どもたちをひきとって、二人は別居しました。タウンリーは軍の諜報部に移り、そのためにその時点から以後の彼の行動に関しては、非常にかぎられた情報しか手に入らないのです。そのあとの二、三年間は彼は日本に駐留していたにちがいありません。そしてそのあいだに、彼は東京の〈ゴールデン・リクショー〉というバーに足繁《あししげ》く通いましたが、その店の経営者が——」

「わたしの母だった」橋本があとを引きとった。

「いかにも」ジャーヴィスが頷いた。「誰にもわかるはずはありませんがね、ミスター・ハシモト。あなたは学校からの帰宅途中で、カウンターでビールを飲んでいるタウンリーを見かけたことがあったかもしれませんよ」

「あり得ますね」そう認める声は辛そうだった。

「あなたのお姉さんも客をもてなしていたんですか？」

「彼女は若くて、かわいかったから、みんなに人気がありました」

「そうだったでしょうね。邪心はなしに、と言って差し支えないでしょう。そして、娘さんがお母さんのあとを継いだわけですね？」

「ええ」

「〈ゴールデン・リクショー〉の壁には、長年にわたって撮影された、以前のひいき客の写真が飾ってあると聞いてますが」

「ええ、あります」

「さらに、その写真の一枚にスティーヴン・タウンリーが写っていると聞いてます」

「ええ、写ってます」

「そこから、あなたのお姉さんが彼と知り合いだったことがミスター・オールダーにわかったんですね？　彼もその数年後に撮影されたタウンリーのべつの写真を持っていましたから」

「そうです」

（これで、ぼくが抱いていた疑問のひとつに答えが出た。ループはタウンリーが〈ゴールデン・リクショー〉の昔の客だったことを知り、それで橋本真弓に近づいたようだ。けれども、どこからその店のことを知ったのかとか、疑問はまだ山ほどあった。ループは偶然にその特定のバーへ行った？　それとも、彼はそれ以前から、その店がタウンリーと繋がりがあるのではと疑っていたのかな？　それにジャーヴィスは、ループが真弓から何を盗んだか知っているんだろうか？　そもそも彼がその盗みのことを承知しているのかどうかもわからなかった）

「タウンリーは一九六〇年の春に日本を去ったと考えられます」ジャーヴィスは続けた。

「正直に申し上げて、彼がそのあと軍隊に勤務していたあいだ、どんな任務を割り当てられていたのかまったくわかりません。それから二年後、彼は陸軍を辞めました。彼を追跡するための公認記録はこの時点で完全に終わっています」（われわれはこのときサーペンタイン池にたどり着き、ボートハウスのほうへゆっくり歩きはじめた。風が池にかなりのさざ波を立てていたが、その心を静める効果とやらはぼくには効き目がなかった）「ミスター・オールダーは、一九六三年の八月にグラストンベリーの近くの鉄道の駅で、彼の兄が撮ったと思われるタウンリーの写真をわたしどもに提供しました。その日付はミスター・オールダー自身が計算したものです。彼の話では、タウンリーはピーター・ドルトンの友人だったということで、わたしどもの調査でも、その可能性が明らかになりました。ドルトンは一九六三年の八月十九日に自殺しました。だがミスター・オールダーは、本当はタウンリーがドルトンを殺害したのではないかと疑ってました。彼が加担していた事実をおおい隠すためです、そのう……」

「大列車強盗に」ぼくが代わりに言った。

「そのとおりです」ジャーヴィスはためらいを抑えこんだ。「ミスター・オールダーはそうした明らかに突拍子もない疑いを抱いた理由を教えようとはしませんでしたから、わたしどもとしましては、それを本気にすべきかどうかわかりませんでした。たとえば、彼は彼の兄に近づくことをはっきりと禁じました」

「ハワードからはたいして聞きだせなかったでしょう」

「そうだったかもしれないし、そうではなかったかもしれません。いずれにしても、実際に言えることといえば、それは依然として未解決の疑問だということです。ミスター・オールダーがプリティマンという六〇年代の悪党と接触したことはわかってますが、プリティマンというのは生来、はなはだ信用のおけない人間だと申し上げねばなりません。彼が本当に強盗に加わったのかどうかはっきりしません。確実に加わった者たち全員が認めていると思われることは、肝心の情報を彼らに提供した匿名の情報源が、じつはこの犯罪の張本人だったということです」

「それがタウンリーだったのかもしれませんね？」

「はっきり申し上げて、ミスター・ブラッドリー、あなたの推測はわたしのものと同じです。ですがそう主張したところで、陸軍を辞めてからのちのタウンリーの人生について何ひとつ確かな事実が見つからない以上、なんの成果ももたらしません。六三年に関する資料は断片的であり、かつ、確証されたものではありません。それと同時に、タウンリーに関するかぎりはそこで行きどまりです。わたしどもがそれ以後のことは何もわからないと申し上げる場合、言葉どおりの意味なのです。タウンリーは死亡証明書のない死人です。真っ白。空白。彼がまだ生きているとすれば、ほかの男になっています。その男が誰なのか、わたしどもにはまったく見当がつきません」

「彼の妻はどうなんですか？　彼の子どもたちは？」

「当然、わたしどもはそちらの方面も追跡しましたが、何も出てきませんでした。タウンリー夫妻は正式に離婚はしていませんが、それはミセス・タウンリーが、夫が陸軍を辞めて以後、彼に連絡をとる方法がなかったためのようです。彼はその時点で扶養料を払うのをやめました。夫は死んだにちがいないと、彼女はずっと友人や知人に話しています。子どもたちも同じように考えています。彼らの考えが正しいのかもしれないし、間違っているのかもしれません」

「それとも、嘘をついているのかもしれない」

「もちろん、そうも考えられます」ジャーヴィスはかすかな笑みを浮かべた。「じつは彼ら三人の銀行記録に……彼らの話とは食い違うものがあるんです」

「どんなものですか？」

「身元のわからない送金者から経済的な援助を受けていることを示唆するものです」

「タウンリーからだ」橋本が言った。

「ありえます。じつのところ、ミスター・オールダーは、明らかにそう考えられるとの見解でした」

「そのことで彼はどうしましたか？」ジャーヴィスが足をとめて池のほとりのベンチの背にもたれたとき、ぼくはそう問いかけた。

「わかりません。そのあたりからすべてが非常に微妙な状況になるんです」

「どういうことなのか話してもらわねばなりません」

「話さねばならない？　そうは思いません。ですが、お話ししますよ。八月三十日にこの件の進展状況を検討するために、ミスター・オールダーに会いました」（朝食をとりながらエコーの台所の壁にかかったカレンダーを眺めて、ぼくはループが八月二十九日にティルブリー埠頭を訪ねたことを知った。そうすると、彼がジャーヴィスと協議したのは、その翌日だったのだ）「わたしがごくわずかなことしか報告できなかったにしては、彼は驚くほど上機嫌でした。ミセス・タウンリーと彼女の子どもたちが、もしくは、そのいずれかが、タウンリーの居場所を知っているにちがいないと彼は考えていて、彼らがタウンリーの居場所を明かさざるをえなくなるようなすごいものを、ミスター・ハシモト、あなたのお姉さんから手に入れたと話しました」

「手に入れたんじゃありませんよ」橋本が言った。「盗んだんです」

「本当ですか？　正直言って、そう聞いてもさほど驚きませんね。それは手紙だと彼は言いましたが、その内容や、どんな性質のものかを明かそうとはしませんでした」

「それでいいんです」橋本が言った。「わたしでさえ何が書いてあるのか知りません」

ジャーヴィスの右眉が怪しむようにかすかに吊り上がったが、すぐに彼は落ち着いて続けた。「タウンリーを隠れ場所から追いだすために、彼がその手紙を利用するつもりだということに疑問の余地はありませんでした。それ以後、ミスター・オールダーに会っていませんし、彼からの連絡もありません」

　しばらくのあいだ誰も口を開こうとしなかったから、ぼくはわかりきった質問をした。

「何があったのだと思いますか?」

「直接にしろ、間接的にしろ、彼はタウンリーと接触することに成功したと思いますね。事実、そう確信してます」

「どうしてですか?」

「なぜなら、その会見からほんの数週間後に何者かがわたしどものオフィスに侵入し、タウンリー調査関連の文書やコンピューター・ディスクが盗まれたからです。わたしどもはセキュリティには時間も金もたっぷり注ぎこんでおります。その侵入は高度なプロの仕業でした。そうだったにちがいありません。それとともに、正確に目標が絞られていました。ほぼ同時に、しじゅうわたしどもの代理人をつとめている法律事務所を通じて、わたしどものごく上層部に匿名のメッセージが伝えられました」

「どんなメッセージだったんですか?」

「この件から手を引けと」

「たったそれだけ?」

「正確にはそうではありません。従わない場合には、確実に……罰を受けると……ほのめかされました。つまり、財政面での刑罰です。きわめて……慇懃《いんぎん》な申し入れでしたが、そのメッセージを寄こした人物は、必要とあらば、わたしどもをたたきつぶすに充分な影響力を行使できるのは明らかでした」

「会社をつぶす？」

「いかにも」

「どうやってそんなことができるんですか？」

「マイヤーズカフ・ユードルは成功した大会社です。しかしながら、もっと傑出したもっと成功した者はかならず存在します。あくまでこちらがやり続ければ、わたしどものもっとも大切な顧客が奪われることになると、会社の重役たちはきびしく警告されたにちがいありません。わたしどもは手を引きました」

「屈服したんですか？」

「わたしどもにほかの選択肢はありませんでした」

「あなたは……タウンリーがそんなことをしたと？」

「ほかに誰がいます？」

「よしてください、彼は一人の男にすぎませんよ」

「彼については何もわからないのです。彼は明らかに今の状態を守り維持しようと決心しています」

「手を引いたのなら」橋本がゆっくりと口をはさんだ。「どうしてあなたはここへきて、われわれに話をしてるんですか?」

「鋭い質問ですね、ミスター・ハシモト。本当にどうしてでしょう?」ジャーヴィスは警戒するように左右に目を配り、さらに声をひそめた。「表向きはこの出会いは起こっていません。オフィスへわたしを訪ねてこられても、わたしに電話してこられても、わたしはあなたがたと話をすることは断りますし、われわれが会ったことは否定するでしょう。マイヤーズカフ・ユードルは圧力をかけられることを好みません、たしかに圧力に屈する場合があるとはいえ。そのことについては、わたしどもは本当に残念だと思っております。それでも、とにかく打ち返すことができないのです。客の身の安全を気づかってはいるものの、彼を助けられる立場ではありません。わたしどもは無力です」彼は微笑を浮かべた。「しかし、あなたがたはちがいます」

「何を言ってるんですか?」ぼくは訊いた。

「わたしはいろいろなことを話しました、ミスター・ブラッドリー。情報を提供しました。それをどうするかはあなたがた次第です。だが、わたしがあなたがたに期待するのは筋違いでしょう。あなたがたが……何かしてくださることを願っているとは申しません」

「何かするって、どんなことをですか?」

「それはまさしくあなたがたがお決めになることですよ。わたしに言えるのはこのことです。タウンリー夫妻は子どもを二人授かりました。一九五五年に生まれたエリック。一九五七年に生まれたバーバラ。バーバラはテキサスのヒューストンに住んでいて、石油会社の重役であるゴードン・レジスターと結婚しています。彼らには子どもが一人います——一九八〇年に生まれた息子、クライドで、現在はスタンフォード大学の学生です。エリックのほうは母親とともにベルリンに住んでいます。ベルリンの壁が壊されたあと、彼女はそこへ戻りました。エリックは今はエーリヒと自称しています。ついでですが、彼はゲイです。ローザ・タウンリーは六十五歳。彼女とエーリヒはヨルク通りのアパートメントでいっしょに暮らしています。八十五番地です。あなたがたはおそらく興味を持たれるでしょうが、航空会社の記録によれば、ミスター・R・オールダーは九月三日にヒースロー空港からベルリンへ行っております。戻りの便の記録はありません。では、もう」——彼はふいに真っ直ぐ体を起こした——「行かねばなりません。お二人とも、ごきげんよう」

そう言うと、彼は歩きだした。大股で足どりも軽く来た道を引き返していく。ぼくは彼に叫びたかった。だが、何を？　彼は言わねばならないことはすべて話した。もう話すことがないのは明白だった。マイヤーズカフ・ユードルはこの件から手を引いた。ジャーヴィスもこれを最後にわれわれとは関係を絶ったのだ。彼はさっさと遠ざかっていく。だが橋本とぼくは、その場にじっと立ちつくしていた。

〈ヒルトン〉へ戻ったときには――ぼくみたいな、どうしても一杯やらずにはいられない気分の者には幸いなことに――十一時になっていた。橋本はジャーヴィスに置き去りにされてからは、ほとんど口をきいていなかった。けれども、彼の静かな顔つきの陰に、あまり生産的ではない考えがつぎつぎ浮かぶのが見て取れるような気がしたので、彼の症状にも酒が必要だと判断して、ぼくは角をまわり、シェパード・マーケットにある雰囲気のいい小さなパブへ彼を案内した。

ぼくが二杯目のビール、カールスバーグ・スペシャルを、橋本が一杯目のモルトウィスキー、グレンフィディックを半分ほど飲んだところで、彼は何かを決心したように見えた。もったいぶった様子でマールボロの煙草に火をつけ、ふわっと立ちのぼった煙をじっと見つめてから、こう告げた。「われわれはベルリンへ行かねばならない」

「それについては、こっちには投票権はないわけ、キヨ？」

彼は妙な顔でぼくを見た。ぼくがカールスバーグの勢いを借りて、彼に省略形の呼び名をつくってしまったことが、すんなりとは受け入れられなかったのだろう。しかし、たとえそうだとしても、彼はいつまでもそれにこだわってはいなかった。「わたしはタウンリーの手紙を見つけねばならないし、あなたは友達を見つけねばならないんだよ」

「それについてはよくわからないよ。あなた自身が、彼は暗黒の場所に迷いこんだと言ったじゃないか。タウンリーがジャーヴィスの考えているようなすごい力を持った男なら、それは危険な場所でもあるんだから」

「そのとおりだ。ミスター・ジャーヴィスはわれわれに虎の口に頭を突っこんでみろと勧めている。虎が咬むかどうかみるために」

「虎の口に頭を突っこんではならない。昔、たしか母にそう教えられたよ」

橋本はおごそかに頷いた。「母親ならそう言うだろう」

「それに、来週にはうちへ帰らねばならない。ベルリンへ行くなんてむりだ」

「どうして帰らねばならないんだ？」

「ああ、あれこれあって」（失業手当支給事務所へ二週間ごとに行かなければならないことが、その理由のすべてだったが、それを白状する気はなかった）

「長くあちらにいる必要はないだろう。それに、あなたの費用はすべてわたしが負担する」

「それには葬式の費用も含まれてるのかな？」

「冷静になってくれよ、ランス。こうした事柄では機敏な行動こそが必要だ。わたしといっしょにベルリンへ行くことで、あなたは何を失うんだね？」

「あちらへ行ったときに何が起こるかによるよ」

「あなたが同意しないかぎり何も起こらない。そのことは約束する。どんな手段をとるにしろ、そのたびに二人で判断し、合意してからでないとやらない」

「わたしがどんな手段にも賛成しなかったらどうする？」

「何もやらないよ」

「それでも行けないね」

「どうして？」

「パスポートをうちに置いてきたから」

「あなたのうちまではどれぐらいあるのかな？」

「二百四十キロかそこら」

「それなら、取りにいこう。車を使えるよ。〈ヒルトン〉のガレージに入っている車を」

「いつ出発するつもり？」

「あなたのパスポートをとりに？　今すぐ。ベルリンへ？」彼はそのことをちょっと考えてから、肩をすくめた。「あした」

「そんなにすぐ？」

「もういい加減遅れてるよ。どうしてこれ以上ぐずぐずする必要があるんだね？」

「それは……」


たいした言い訳は見つからなかった。そのおかげで、さらに数杯のカールスバーグを飲んで不安が鈍ったぼくは、気がつくと、ホテルの送迎車のＢＭＷに乗って真昼の霧がたちこめるなかを、Ｍ四からさらにＭ五へとかなりのスピードで運ばれていた。橋本が告げた動機をぼくは疑っていなかった。ループが盗んだものを取り返すのが姉と姪を守る最善の方法だと彼は考えている。橋本のほうも、窮地に追いこまれている友を助けたいとのぼくの願いに疑問を抱いてはいないようだ。それどころか、ぼくは名誉にかけても、友人が与えた被害を償わねばならないと感じているはずだと、彼はそう思いこんでいるふしさえある。もちろん、それがぼくの泣き言めいた言い訳をそぎとったわけではなかった。それでも、ぼくはなんとなくベルリンへ行く気になっていた。じつのところは、ループがはからずもぼくを引きずりこんだミステリーに興味をそそられ、気持ちが昂ぶっていたのだ。心の昂ぶりはぼくの人生には、長いあいだ明らかに不足していたものだった。追跡のスリルにぼくは完全にたぶらかされていた。

二時間ちょっとでグラストンベリーに到着した。橋本はのろのろ走る運転者ではなかった。ドン・フォレスターから情報を聞きだしてくれとおやじに頼むために、両親の家にまわってほしいと指示しようかと考えたが、あとでおやじに電話することにした。そうすれば、ぼくがやろうとしていることを彼に説明しないですむ。ペンフリスを訪ねることを提案しようかとも考えた。だが、それもやめにした。話さねばならないことが多すぎる。訊ねなければならないことが多すぎる。運がよければ、ローザとエーリヒ・タウンリーがわれわれのあらゆる疑問に答えてくれるだろう。すべてにたいする害のない説明がまだあるかもしれないのだ。

（ぼくが冗談を言ってるなんて誰が考えただろう？）

帰り道でヒースロー空港に立ち寄り、橋本は日曜日のお昼のベルリン行きフライトのチケットを——なんと、ビジネスクラスを——予約した。それから彼は車でぼくをケニントンまで送ってくれて、翌朝十時に迎えにくることになった。われわれはすっかりその気になっていた。

そのうえエコーによると、われわれは狂ってもいた。「あなたたちは何にかかわることになるのか、まったくわからないのよ」（正しい意見だ）「たしかあなたは、ぼくは生まれつき意気地なしだと言ったはずだわ」

「そうだよ」

「それなら、どうしてやめないの？」

「やめるためには、こうすることが必要なんだよ、エコー。やめどきってものを選ばなきゃならない」

「今がそのときじゃないの？」

そのことについてしばらく考えねばならなかった。結局、ぼくに答えられたのはこれだけだった。「明らかにまだそうじゃないよ」

ベルリン

7

ループのあとを追ってベルリンへ行くことには皮肉な一面があった。以前にも一度、ぼくは彼のあとについてそこへ行ったことがあったから。それは一九八四年の長くて暑い、汗まみれになった夏のことで、そのときぼくたちは列車を乗り継いでヨーロッパをまわっていた。ベルリンはあくまでループの思いつきだった。彼はぼくとちがって、つねに歴史に強い関心があった。鉄のカーテンの向こう側の生活について、ぼくは彼のように興味があったわけではなかったし、東ドイツを横切って西ベルリンへ行く侘びしい汽車の旅は、どこかほかのところへ行ったほうがよかったというぼくの思いを強めただけだった。ぼくたちは一般の旅行者として東ベルリンへ入っていったが、ぼくはさまざまなものを受け入れられる心理状態ではなかった。壁の片側には俗っぽい商業主義の世界、反対側には冴えない均一的な世界。それがぼくの持ち帰った記憶のすべてと言っていい。

機内で無料で提供される酒をしこたま飲んで、統一されてスマートになった首都に飛行機で到着したのは、言うまでもなく、まるでちがう経験だった。あまりの違いに、これが本当に同じ街なのかといささか疑念を抱いたほどだ。テーゲル空港からホテルへ向かうタクシーは、前方にそそり立つ壁のなくなった、秋の金色に色づいた公園通り、ティアガルテンを疾走し、消えた国境を横切り、ブランデンブルク門の下をくぐり抜けてウンター・デン・リンデンへ入っていった。橋本は〈アドロン〉に予約を入れていたが、そこがベルリンで最高のホテルだと教えられたのだった。キラキラする広大なロビーを横切って案内されたとき、彼に与えられた情報は正しかったと思われた。ビジネスクラスでの旅やら、ものすごく豪華な宿泊施設やらで、橋本清文に付き添うのは、長期契約を結ぶようすすめられても悪くない仕事だなと、ぼくは考えはじめていた。

高所で酒を飲んだために、ぼくは本格的な眠りが必要な状態になっていた。七時にバーで落ち合おうと言うと、橋本もそれを歓迎しているように見えた。そこで、バッグの中身をだすのはあとまわしにして——せいぜい五分ですむのだが——贅沢にしつらえられた部屋のばかでかいダブルベッドに大の字になると、遠くから聞こえてくる、ウンター・デン・リンデンを車が行き来するかすかな音が、たちまちぼくを眠りに引きこんだ。

目が覚めたときには暗くなっていて、ぼんやりした頭で、耳のなかでしつこく鳴っているのは、ベッドわきのテーブルにのった電話のベルだと気づいた。腕時計の時間は読めなかったけれど、かけてきたのは橋本にちがいないと思った。

そうだった。「ランス、急いできてもらいたいんだ」

「先にはじめてもらえるかな、キヨ。すぐ下りていくから」

「ホテルじゃないんだ。ここはメーリンクダムの電話ボックスだ」

「ええっ、なんだって？」

「タウンリーのアパートメントの近くだよ」

「おいおい、なんだよ。どうして待ってなかったんだ？」

「すぐにここへきてくれ。わたしに考えがあるんだ」

「どんな考え？」（きっととんでもない考えだ）

「コインがもう残ってない。メーリンクダム・ウーバーンの駅の外で待ってる。できるだけ早くきてくれ」

「ああ、しかし——」電話は切れた。思わず心の底から溜め息が洩れた。「すばらしいよ」

（もちろん、そんなわけはなかった）


直立の姿勢に体を押し上げたとたん、頭蓋骨の内側を数回、ラバのやつに蹴られ、脱水症状による頭痛が名乗りをあげた。今回のラバは強力なやつで、ベルリンの蛇口の水を一パイント飲んだぐらいではおさまらなかった。ぼくは最高のコンディションとは言えないありさまでホテルを出た。

タクシーは広い空っぽの通りを南へ、スピードをあげて走っていった。あっというまにチェックポイント・チャーリー（東西ベルリンの境にあった、外国人が通行可能な唯一の検問所）があった場所を通り過ぎてしまい、以前の西ベルリンまで引き返した。ホテルの受付係にねだってもらってきた地図を眺め、メーリンクダム・ウーバーンの駅はヨルク通りの角を回ったところにあるとわかった。ローザ・タウンリーの家族はずっとこのあたりに住んでいたのかなと、思わず考えこんでいた。なんといっても、チェックポイント・チャーリーはアメリカ地区への出入り口だったのだから。

考えこむ時間があまりあったわけではない。車はすぐに駅に着いた。よろめきながらタクシーからおりると、橋本が入り口のあたりの物影からあらわれて、ぼくを迎えた。

「だいじょうぶかい、ランス？」彼は街灯の明かりごしにこっちを横目で見た。

「どんなふうに見える？」

「あまり元気そうじゃない」

「あなたが驚かすからだよ」

「次の角のところにカフェがある。そこで話そう」

「〈アドロン〉のバーで話をしてもよかったのに」

「話をするより先に、やらねばならないことがあったんでね。さあ、行こう」

彼は道路を横切り、次の交差点へぼくを導いた。そこを右へ曲がればヨルク通りだった。

その道路標示板にぼくが視線を向けたのに橋本は気づいたが、カフェのテーブルにわれわれが身を寄せてすわり、紅茶とビールを注文するまでは——紅茶はぼくにではなかった——彼は説明しなかった。

「じつはね、タウンリー親子が住んでるところを見にいこうと決心したんだ。それはヨルク通りをすこし入ったところにある」彼はおおまかな方向に顎をしゃくった。「アパートメント・ハウスだ。高級な、と言っていい。取っ手をまわすと建物の入り口のドアがあいたんで、わたしは——」

「なかへ入った？　あなたは無鉄砲で衝動的で、どうしようもないよ」

「彼らはフラット四に住んでいた。わたしはどうするつもりだったのか……」彼は肩をすくめた。「よくわからないよ」

「このことは二人でいっしょに計画を立てたほうが賢明だっただろうな、キヨ」（どうして自分がこんなに平静でいられるのかわからなかった。まだすこし酔ってるのかもしれない）

「あなたの言うとおりだよ、ランス。悪かった。厄介な事態になりかねないとは考えなかったんだ」

「で、厄介な事態になったの？」

「いいや。ならない。むしろうまくいった。たぶんね。わたしがフラット四のほうへ階段をのぼっていたとき、ドアがあいて男が出てきた」

「エーリヒ・タウンリー？」

「彼にちがいないと思う。年齢もぴったりだったし……外見もぴったりだった」

「外見もぴったりって、どういうことなんだ？」

「あなたが自分で確かめたらいい」

「どうやって？」

「われわれは階段ですれちがったんだが、わたしはすぐに引き返して、通りへ出ていく彼をつけた。心配いらないよ。彼はわたしを見なかったから」

「あなたが間違ってないように願うよ」

「だいじょうぶだ。信じてくれよ、ランス」

「そんなに簡単にいくのかな」

「聞いてくれ」橋本は声をひそめ、テーブルごしにぼくのほうへ体をのりだした。「メーリンクダムのすこし先にあるバーまで、わたしはタウンリーをつけていった。彼は今もまだそこにいると思う。これは彼と話をするいいチャンスだよ。今ならあれこれ質問しても、彼はあなたのやってることは――」

「あなたのやってる？」

「い、い、い、あなたのやってる？」

「彼に近づくのはあなたのほうがうまくいくよ、ランス。わたしはちょっと……目立ちすぎる」

「たった今、彼はあなたを目にとめなかったと言ったばかりじゃないか」

「しかし、彼の目を引く必要があるんだよ。あなたがね。わたしじゃなく。だって、あなたのほうが簡単だもの」

「わたしのほうが簡単って、何をするんだよ？」

「彼と話をするだけだ」

橋本は励ますつもりだと思われる微笑をぼくに向けたが、それはどう見ても、不安げなしかめっ面に近かった。とはいえ、不安に関するかぎり、ぼくのほうがすぐに彼を超えてしまいそうだった。「あなたの〝プラン〟って、わたしが彼になれなれしく話しかけることなんだろう？」

「なれなれしく話しかける？」

「どういう意味かわかってるだろう」

「ああ、うむ。わかってる。そのう……」橋本は両腕を広げた。「じつを言うとね、ランス……」

「ふむ？」

「あなたは彼の好みのタイプではないかと思うんだ」

バーは橋本が言ったとおり、すぐ近くだった。壁に描かれた大きな窓は、最初の一瞥《いちべつ》で正体を暴露したにしては、なぜか偽ものっぽくなかった。店内は薄暗い感じで、すこしがらんとしていて、どことなく、しめやかな雰囲気だった。（イギリスと同じように、ドイツの日曜の夜はあまり陽気でないとわかったのは、ある意味ではほっとすることだった）橋本は通りの反対側のバス停のあたりをうろついていると言って立ち去った。残されたぼくは、ちょっとためらってから店内へ入っていった。

橋本が描写したのとぴったりの男が、バーのスツールに腰をおろし、透明な酒か何かを飲みながら、フランスの大巻き煙草を吸っている。ジーンズと白いシャツの上に七分丈の黒いコートをはおったままで、店内の蒸し暑さにもコートを脱ぐ気にはならないらしかった。長身で痩せており、膝が前へ突き出て、背中と頭は、二段に折れ曲がるアングルポイズ・ランプといった格好に折れ曲がっている。（このバーは明らかにもっとずんぐりした客向けに設計されていた）顔はやつれて皺が刻まれ、頭頂がかなり薄くなっているのに長髪で、しかも、すっかり灰色になっている。ぼくには自分が彼のタイプかどうかまだわからなかったが、彼がぼくのタイプでないのはもう完全にはっきりしていた。

残りの客は陰になったテーブルのまわりに散らばっていて、彼らのうちの数人はかなり酩酊しているようだった。蜘蛛《くも》の巣のかかったスピーカーから流れ出るニューエイジの葬送行進曲は言うにおよばず、ゴシック調の室内装飾を鑑賞するには、酔うのが最高の方法なのかもしれない。もうすこし時間が経てば、もっと陽気に盛り上がってくるのだろう。だがそうなったときに、その場に居合わせるのは願い下げだった。

　ぼくはエーリヒ・タウンリーの隣のスツールにどしんと腰をおろして（バーにすわっている客は彼だけだったから）、バドワイザーを注文すると、言い寄るのにふさわしい台詞《せりふ》をつぎつぎに頭に浮かべた。だが、そのどれひとつとして、口に出せそうもなかった、相手の反応も憶えていないほど——幸運にも反応を引きだせたとして——ひどく酔っぱらってしまわないかぎり。この状況ではどう見ても大失敗しそうだった。（そうなったら誰の責任なんだ？）そのとき、妙なことが起こった。エーリヒ・タウンリーのほうから話しかけてきたのだ。

「あんた、アメリカ人？」（短くはしょった表現だったが、耳障りな母音をのばした口調からも、彼は明らかに中欧系だった）

「いいや」ぼくは答えようとしたが、喉からうまく声が出なくて、二度もその言葉をくり返した。「いいや、ちがうよ」

「アメリカ人でもないのに、なんでバドワイザーを注文するのかわからんよ。いんちきだな」

「そういうことにいんちきだの本物だのがあったとは知らなかったよ」

　彼はそれを聞いて笑った。「あんた、イギリス人だな、そうだろう？」

「ああ」バドワイザーがきた。グラスはなしで、瓶がちらちら光っている。ぼくはぐいとひと口飲んだ。「それで、あなたはアメリカ人？」

「ああ、そう認めねばならんだろう。とにかく半分はアメリカ人だ」

「あとの半分は？」

「この地元だ」

「ここに住んでるの？」

「ああ。けど、あんたはちょっと訪れただけだ、そうだろう？　休暇かね？」

「仕事」

「どういう仕事？」

　うまくごまかさねばならない質問だった。「関係ないだろう、そんなこと？」（関係なければよかったのにと思わずにはいられなかった）「今は週末なんだし」

「週末だとはわからないだろう、このざまじゃな？」彼はあたりを見まわした。「第三帝国（一九三三年から四五年にかけてのヒットラー統治下のドイツ）のころよりもっと火が消えたようだ」

「いつからベルリンに？」

「もうかなりになる」

「ところで、わたしの名前はランス」

「お会いできて嬉しいよ、ランス。おれはエーリヒ」彼は肩をすくめた。「生まれたときはエリック。二つの国にまたがってると、ちょっとした分裂症になるよ」

「そうだろうな、きっと」

「吸うかい？」彼は煙草を一本差しだした。

「いや、けっこうだ。わたしは、えー……」

「医者に警告されてるんだな」

「ああ。とはいっても……」ぼくは彼の視線をとらえ、そのまま引きつけておこうとした。

「わたしが清らかな生活を送ってるように見えるかね？」

「そうは見えんな。だが、ここでそんなやつは見つからんさ」

「悪徳には手をださない主義ってわけじゃないんだ、エーリヒ」ぼくは本心からとはいかない微笑をつくった。「およそちがう」

「それなら、あんたはもってこいの街にきたよ。ベルリンはなんでもありだ。あんたが薄暗い片隅に頭を突っこんでも平気ならな」

「そこで何を見つけたいかによるだろう」

「あんたの捜してるものはなんでも見つかるよ」

「自分でもよくわからない場合もあるからね」

「あんたには助けがいりそうだな」

「おそらく」（すべてがあまりにも早い展開で、ぼくには気に入らなかった。橋本はぼくを何に引きこんでしまったんだ？）「ガイドブックの教えてくれないことがいろいろあるからね」

「あえて教えるわけないだろう」

「観光客をこわがらせて追い払ってしまったら困るもんね」

「すぐに怯える連中にはきつすぎるからな」彼は効果をねらって間をおいたが、その効果はかなりのものだった。「ちょっとばかり」

「そうだね」

「それならこれは、あんたがあぶない方面にちょこっと足を踏み入れるチャンスってことかね、ランス？　妻や子どもたちから離れたところで禁断の木の実をかじってみるチャンス？」

「わたしには家族はいない」

「そいつは利口だよ、あんた。おれもいない。母親をべつにすれば。誰にも一人は母親がいるからな」

「プラス、父親」

「どうしたってそうなる」

「あなたのお母さんはドイツ人？」

「ああ。彼女はこのベルリンに住んでる」

「で、お父さんは？」

「彼はベルリンには住んでない」エーリヒはまだ笑っていたが、その微笑がしだいにこわばっていくのが感じとれた。ぼくは危険な領域にじりじり近づいていた。

「でも、ここで彼らは出会ったんだろう？」

「人がどこで出会おうが、そんなことはどうでもいい。出会ったあとでどうするかが重要なんだ」

「たしかに」（ぼくに関するかぎり、あまりにも真実）

「どうするかな、おれたちは？　こうやって出会ったあと」

「あなたのお薦めは？」

「あんたの好みがわからなきゃな」

「どっちかというと、風変わりなものかな」

「わかった」彼は煙草を深々と吸いこみながら考えこんでから、こう言った。「おれの知ってる店があるんだよ、何軒か。たぶん、あんたの気に入ると思うんだが。興味あるか？」

「もちろん」（怯えていると言うほうが真実に近かった）

「じゃあ、行こう」

「オーケー」

「途中で母親のところにちょっと立ち寄る。彼女はその角をまわったところに住んでいる」

（もちろん、二人とも住んでいるのだが、ぼくはそれを知らないことになっている。エーリヒは母親といっしょに住んでいることを認めたのでは、ぼくに好印象を与えそうもないと考えたのかもしれない。どうやら彼女と顔を合わせることになりそうだ。彼がそれをどんなふうに扱うつもりかが謎だった。ぼくが心配せずにはいられない途方にくれる謎だった）「彼女はおれがくると思って待ってるんだ」（しかし、ぼくではない。そう、彼女はぼくが行くことはまったく予期していない）「心配いらないよ。長居はしないから」

われわれはバーを出ると左に曲がり、南に向かった。ヨルク通りからは遠ざかっていく。その点についてのぼくの不安をエーリヒに話すわけにはいかなかった。それに、橋本がちゃんとついてきているかどうか確かめるために、振り返る危険を冒すこともできなかった。酔いがすっかりさめてしまうのがわかり、ちょっとどころではない不安に襲われた。実際はしらふにはほど遠い状態だったことを考えると、ぼくがいかに怯えきっていたかがわかるというものだ。

「おれはずっと昔に合衆国には嫌気がさした」エーリヒが言った。「遅かれ早かれ、人は自分の心の拠り所がどこかを決めねばならないんだ」

「あなたの場合はここだったんだね？」

「間違いなく。あんたはどうだね？」

「まだこれから決めようとしてるところかな」

「まあ、あんたはおれより若いもんな？　いくつぐらい若いのかな？」

「えー、それはあなたが何歳かによるよ、エーリヒ」

「そりゃそうだ」彼は含み笑いをした。「おれが知らない人間が好きなのは、そこんとこなんだ。語られるのを待っている……過去の物語があるわけだからな」

　われわれは次の交差点で右に曲がり、ぼくはそれでほっとした。たぶんこれが、タウンリー親子の住んでいるヨルク通りのあたりへ行く、いちばんの近道だろうと思ったのだ。が、すぐにまた、ちがうようだと気づいた、なぜなら、彼はすぐさま通りを横切って反対側にわたると、照明の薄暗い公園の中心部にまっすぐ通じている小道を歩きだしたから。

「ここを横切っていくんだ」とぼくの連れは言った、それですべてが説明されるかのように。前方の樹木が生い茂った丘のことだとぼくは感じた。あたりは薄暗くて、広い間隔をとって設置された明かりが、池や岩石庭園に弱い光を投げている。道は暗くて曲がりくねっていた。すぐに上り坂になった。ぼくはわざと足をひきずったが、効果はなかった。ぼくがやりたかったのは、やるわけにはいかないことだった。つまり、引き返すこと。「ちゃんとついてこいよ、ランス。ここではすぐ迷ってしまうから」

「だいじょうぶかな、もう迷ってるんじゃないのか？」

「だいじょうぶだ。道筋はわかってる」

「それで安心した」

「どんな仕事をやってると言ったかな?」

「わたしは……言ってないよ、そうだろう?」

「言わなかったようだ。それなら、こっちに推測させろ。おそらく……海運業だな?」

「海運業? ちがうよ。なんだって――」

最初に何を見たのか、あるいは感じたのか、はっきりしない。夜の闇に包まれた、ぼんやりした動き。アスファルトに靴のこすれる音。とにかく、異常に気づいたのは、ふいに右腕が背中にねじりあげられて鋭い痛みをおぼえたときだった。ぼくは後ろへ引っぱられながらも、必死で踏みとどまろうとした。手がぼくの喉に巻きついた。ぎゅっと絞めつけてくる。なんとかもぎ離そうとしたが、だめだった。エーリヒは強かった。ぼくよりはるかに強い。耳のそばで彼の吐く息の熱さが、絞めつける彼の手の鋼鉄のような堅さが感じられた。必死で体をねじって逃れようとしたが、彼はぼくをしっかり押さえこんでいた。訓練によって習得した技でらくらくと押さえこんでいるのがわかり、いくらあがいても彼を払いのけることはできないと悟った。

助けを求めて叫ぼうとしたが、しゃがれたぶつぶつ言う声しか出てこない。双方が動きをとめた。

「おまえはばかなやつだよ、ランス。わかってるのか、それが? おまえの胸のへこんだイギリスふうの魅力におれが参るだろうと考えて、おまえは目をうるませ、にたにたしながらおれにすり寄ってきた。ひとつ教えてくれ。おまえのためにもなることだ。おまえは友人のループを捜してる、そうだな？」

　ぼくが話せるだけ彼の手がゆるんだ。「わかった……そうだよ」

「そうか、おまえはまったくついてなかったな。なぜならループはここにはいない。気の毒だが、彼を見つけることはできない」背後でかすかな金属的な音がした——刃がぱっとさやから飛びだす音だ。「おまえの捜索は終わりだよ、いとしい坊や」彼はぼくの右腕をゆるめると同時に左肩をつかんで、彼と向き合うようにぼくをぐいと回した。

　ぼくには自分を守るためにさっと前にしゃがむだけの時間があった。だが、それも一瞬の時間稼ぎでしかなかった。すぐにエーリヒがナイフで襲いかかってくるものと覚悟した。ああ、ぼくは刺されるんだという、役にも立たない意識がさっと脳裏をかすめた。だが、そうはならなかった。

　何かがエーリヒの右腕の下にぶち当たった——水平に動く強力な何かが。彼はうめいて横向きに倒れ、地面にどしんとぶつかった。そのあいだにぼくが立ち上がると、橋本がゆっくり左足をおろすのが見えた。彼は柔道の蹴りのようなものをエーリヒにかませたのだ。被害者に与えた効果から判断して、それには破城槌（昔、城壁などを破るのに用いた攻撃用具）にもひとしい威力があったらしい。エーリヒは横向きに転がり、片方の肘で体を支えて頭を振っている。

「その場を動くな」橋本がどなった。（その瞬間には彼がどちらに言ったのかわからなかったから、ぼくは大事をとってじっと動かずに立っていた）「だいじょうぶかい、あなた？」

「ああ。わたしは……」

「きさま、いったい何者だ？」エーリヒがしゃがれ声で訊いた。

「あんたの腕を折るか、肩の関節をはずすか、それとも、その両方をやってのけられる者だ。そうせざるを得ないようにあんたが仕向ければな」（橋本の声はぼくが聞いても恐ろしいほどの説得力があったから、エーリヒにとってもおそらくそうだっただろう）「あんたには逃げるチャンスがある。それをつかんだらどうだね」

おそるおそるエーリヒは、大きく息をはずませながらよろよろ立ち上がった。「邪魔立てする、いまいましい野郎だ」彼はぶつぶつつぶやいた。

「その道をそのまま進んでいけ。あっち側で公園から出るんだ。こっちはあんたが入ってきた道から出ていく。あとをつけたりするなよ」

「きさま、ジャップだな」エーリヒが言った。「くそったれのジャップめ」

「凶暴で口汚い男だな。あんたを殴って歯の二、三本折るのは雑作もないことだ。どうしてそんなにむきになって、わたしにそうする口実を与えようとするんだね？」

エーリヒはぼくを見てから橋本に目を向け、ふたたびぼくに視線を戻した。「あんたたち、知り合いなのか？」

「さあ、行け」橋本が静かだが、きっぱりした口調で命じた。

エーリヒはなおもためらい、自分と相手の力を推し量った。どちらの側にもはったりが感じられた。だが、どちらに分があるだろう？　ぼくはそれに賭けたいとは思わなかった。どうやらエーリヒもそうだったと見える。すぐに彼はナイフをポケットにしまい、踵《かかと》でくるりと向きを変えると、去りぎわに頭をぐいと上げてから大股で歩き去った。

メーリンクダムとヨルク通りの角にあるカフェまで戻ると、ぼくの熱病患者のような震えもやっとおさまり、ブランデーをたっぷり二杯飲んだおかげで、ようやく筋の通った話しきものができるようになった。

「彼はわたしを殺そうとしたんだ、キヨ。それがわかってるのか？」

「たしかにそんな雲行きだった」

「それなのに、どうしてそんなに落ち着き払っていられるんだよ？」

「これはわたしの性格なんだ」

「あなたが柔道の達人か何かだとわかって、ほんとにありがたかったよ」

「本当のところは、あれは柔道のわざじゃないんだ。べつの武術だが、わたしは初心者クラスまでしか進めなかった。わたしの指導者にとってはまったくの期待はずれだった。でも、蹴り方はおぼえてたんでね。あとは、相手がわたしの腕をためそうとしなかったのがよかった」

「今になってそんなこと言うなんて」

「彼がいるところで、そう話したほうがよかったのかい？」

ぼくは心の底から長い溜め息を洩らした。「わたしとしては、彼の前にのこのこ出ていかなきゃよかったと思うよ」

「でもね、ランス、われわれがどれだけ多くのものを手に入れたかを考えてみろよ」

ぼくは考えなかった——一瞬たりと。「何ひとつ手に入れたとは思えないよ。われわれは何も探れなかった。それなのに、彼は今ではこっちの魂胆を知っている。おまけにわたしの肩は、もう二度とちゃんと動かないかもしれない」ぼくは痛みをこらえて関節を回した。

「あなたはこれのことを忘れてるよ」橋本はポケットから何かをだして、掌のなかでそれを揺すった。銀のライターだった。「この彫りが見えるだろう？」彼が明かりにそれをかざすと、ライターの裏側の、絡まり合って渦巻き形に刻まれた三文字の頭文字が見分けられた。E．S．T．。「エリック・スティーヴン・タウンリーだ」

「どこでそれを手に入れたんだね？」

「彼が地面に倒れたとき、コートから落ちたにちがいない。彼は気づかなかったが、わたしは目にとめた」

「あなたが何か拾ったのを憶えてないな」

「あなたは観察力がとぎすまされた状態ではなかったんだよ、ランス。むりもないが。さいわい……」

「あなたの夜の視力は、あなたのキックボクシングにもひけをとらないね」

「これはエーリヒ・タウンリーのライターだ。重要なのはそこなんだよ。これは彼にとって不利な証拠になる。これのおかげで、わたしは、彼があなたを刺す現場に踏みこんで阻止したことを証言できる」

「証言？　なんの話をしてるんだね？」

「われわれがこの事件を警察に報告したら、エーリヒにとってこれがどう見えるかって話だよ」

「正気なのか？　そんなことをすれば、わたしのほうはどう見えるんだ？　それにそんなことをしたら、いったいどうやってわれわれが求めるものを――父親のタウンリーの居場所を――突きとめられるんだ？」

「話を聞いてないのかい、ランス？　われわれがこれを〝警察に報告したら〟と言ってるんだ。もちろん、そうすることを望んではいない。これは……プレッシャーの問題なんだ」

「そうだよ、わたしにとっては、ひと晩には充分すぎるほどのプレッシャーだった」

「エーリヒも同様だろうね。彼は今、どこにいると思う？」

ぼくは肩をすくめた。「どこかのバーで傷ついたプライドを癒してるんだろう。われわれが何者かとか、われわれが何を企んでいるのかとか、大切なライターはどうなったのかといったことで、なるたけ頭を悩ませないようにしながら」

「母親といっしょに自宅にいないだろうか？」

「それはどうかな。彼はわたしをあそこまで連れだすために、母親に会いにいくなんて話をしただけだよ」

「わたしもそう思う。そうなると、こっちにはミセス・タウンリーにプレッシャーをかけるチャンスがあるってことだ、息子がわれわれに警戒するよう、彼女に警告するまえに」

「まさかあなたは——」

「そうとも、ランス」ぼくに微笑してみせるほどの無鉄砲さが彼にはあった。「われわれは訪問すべきだよ」

橋本の戦略——彼はぼくにその言葉をつかった——は、こちらが現在置かれている状況に基づいたものだった。ループはわれわれよりまえにここへきた。だからエーリヒ・タウンリーはぼくが何を企んでいるかを、たちどころに推測できたのだ。エーリヒがどの程度知っているかはっきりしなかったが、橋本が〝ジャップ〟であることにたいしての彼の嘲《あざけ》りは、単なる人種差別主義者の侮蔑ではなかった。それは彼にとって何かを意味した。そこが重要だった。それに、お粗末なものだったとはいえ、こっちの偽装も吹っ飛んでしまった。そのために、ゆっくりと慎重にわれわれの狙う相手を罠にかけるわけにいかなくなった。そうなると、あとは橋本が〝正面からぶつかっていく戦略〟と呼ぶものしか残されていないのだ。

ヨルク通り八十五番地は、高級な外観の、バルコニーや前廊や傾斜した女人像柱のある、重厚な新ゴシック様式のアパートメント・ハウスだった。豪華な彫刻をほどこしたドアはぴったり閉まっていた。（さっきの橋本は幸運に恵まれただけかもしれないし、それとも、入り口を閉める時間になったのかもしれない。なんといっても、もう九時をまわっていたから）橋本がタウンリー家のブザーを押したが、すぐには応答がなかったので、インターホンがガーガーと音を立てるまで、三十秒かそこら彼はブザーに指を押しつけていた。

「はい《ヤー》？」

「タウンリー夫人ですか？」

「ええ《ヤー》」（ゆっくりと用心するように答えが返ってきた）

「エーリヒはいますか？」

「ここにはいません」（ドイツ語とアメリカ英語が混じり合ったような彼女のアクセントのせいで、語調の判断がむずかしかった）

「エーリヒのことで、あなたと話をしなければならないのです」

「どなたですか、あなたは？」

「彼は深刻なトラブルに巻きこまれています、タウンリー夫人。あなたがわれわれと話をなさらないと、さらに深刻なことになるでしょう」

「わたしにはなんのことかわかりません」

「ともかく、われわれをなかに入れてください。そうすれば説明します」

「帰ってください」

「では、われわれは警察へ行きます」

「警察《ポリツァイ》?」（いまや不安げな声音になった）

「彼らはエーリヒを逮捕するでしょう」

「なぜなの?」

「なかへ入れてください」

「どうしてそんなことしなければならないの?」

「そうする必要があるからです。エーリヒのために」

長い沈黙があった。

「タウンリー夫人?」

そのとき、ドアの解錠装置のブザーが鳴った。

われわれはステンドグラスがはまった踊り場の窓の横を通り、高い両開きドアのある二階の入り口に向かって、広い大理石の踏み段をのぼっていった。片側のドアがすこし開いていて、その隙間からローザ・タウンリーが近づいていくわれわれを覗き見していた。

明らかに彼女は、震えながら泣き言ばかり言う老婆ではなかった。息子ほど長身ではなかったが、彼女の年代のほとんどのドイツ女性よりはずっと背が高い。姿勢もよかった。ぐっと張った肩。角ばった顎。高い頬骨と広い鼻の上の瞳はきらきら光っている。年齢とともにりっぱになっていくたぐいの顔だ。髪はふさふさしていて、白髪のなかに黒い髪が縞《しま》になって混じっている。以前は黒い髪のなかに白髪が縞になって混じっていたのだろうし、さらにそのまえは真っ黒だったにちがいない。衣服も黒だった。とっくり襟のセーターにズボン。(カシミアと絹だとぼくは思った) シンプルだが、けっしてカジュアルではない。

「誰なの、あなたがたは?」彼女はドアの取っ手をしっかりつかんだまま、強い口調で問いかけた。

「わたしの名前はミヤモトと言います」橋本が言った。(ぼくはできるだけ驚いた様子を見せまいとした。われわれは偽名を用いると告げられたのを、聞き漏らしたんだろうか?)

「こちらはミスター・ブラッドリーです」(ああ、それなら、ぼくは偽名は用いないのだ)

「あなたがたは息子の友達じゃないわね」

「彼の友達をすべて知ってるんですか、タウンリー夫人?」

「彼の好みのタイプは知ってるわ」(ぼくは皮肉にも、その言葉をむしろお世辞としてありがたく受けとめた)

「入ってもいいですか？」

「どんな用件か聞いてないわ」

「ライターです」橋本は彼女がよく見えるようにそれをかざした。「あなたの息子がミスター・ブラッドリーを刺そうとしたのをわたしが防いだのです。そのあとで、彼は逃げるときにこれを落としました」

「嘘だわ」

「本当です」

「何が望みなの？」

「警察にかかわらせずに、この件を解決する方法をあなたに提案したいのです」

「お金？」

「ちがいます」

「じゃあ、なんなの？」

「込み入ったことなんです」橋本は彼女にほほえみかけた。「なかに入れてくださったら、説明します」


応接間は、ぼくがローザ・タウンリーの居住空間に期待したとおり優雅で、散らかっていなかった。磨かれた光沢のある木質部分、やわらかな革、二つのきらきら輝くシャンデリア。埃ひとつ見つけるにも鑑識班を呼び入れる必要があっただろう。ソファーの上のクッションを敷いた寝床から、こっちをじっと見ているキング・チャールズ・スパニエルさえ、最近シャンプーしたばかりのように見える。ここはローザ専用の領土にちがいないと――もちろん、犬と共有してはいるが――ぼくは思った。エーリヒはおそらく彼自身の対照的なスタイルの居住区にこもっているのだろう。（われわれがここにいるあいだに、彼が戻ってきたらどうなるだろうとぼくは心配していたが、奇妙なことに、彼の母親と会った今では、まったく不安は感じなかった）

おすわりくださいとは言われなかった。公正を期すために、ローザ自身もすわろうとする気配は示さなかった。暖炉のかたわらに突っ立ったまま、こちらが言わねばならないことを切りだすのを待った。彼女の背後のマントルピースに家族の写真はないかと目を泳がせたが、一枚もなかった。しかし、その上にかかっている鏡は高価なものらしかった。部屋のなかにある、ほかのすべてのものがそうだった。タウンリー家に不足しているものがなんであるにせよ、それは金ではなかった。

「今夜、ついさきほどのことですが、タウンリー夫人」橋本が口を開いた。「あなたの息子さんがヴィクトリア公園でミスター・ブラッドリーを襲いました」（なんとまあ、この男は公園の名前まで知っているのだ。周到さに欠けると彼をなじることはできないようだ）「彼には彼なりの理由があるのですが、それを警察に説明するのはむずかしいでしょう。警察はおそらく推測します……性的な動機だと。われわれはそうしたいと思えば、警察に捜査を促すこともできます。しかし、それを望んではいません。こちらがそうせざるを得ないようにあなたが仕向けないかぎり」

「あなたがたが望んでいることをはっきり言ったらどうなの」彼女の声はきびしく断固としていて、その主張に隙はなかった。

「われわれはあなたのご主人の居場所を知りたいのです」

彼女は仰天した顔つきになるはずだった。ところが、何の反応もなかった。彼女はその質問を予想していたのかもしれない。「夫は亡くなったわ」

「われわれはそうは思っていません」

「彼は亡くなったわよ」

「ここでのあなたの生活費をどうやってまかなっているんですか？」ぼくが口をはさんだ。

「おまけにエーリヒの生活費まで」

「あなたがたには関係ないことでしょう？」

「あなたは働いていらっしゃいませんね。それにエーリヒも明らかに勤勉なタイプではなさそうです。それなら、金はどこからくるんです？　石油成金の義理の息子から？　そうかもしれないいし、それとも、死んでいない夫からかもしれない」

「ルーパート・オールダーはあなたの夫を捜しにやってきました」橋本が言った。「そのことはわかってます。あなたは彼になんと言ったんですか？」

「ループート・オールダーなんて聞いたこともないわ」

「あなたの息子さんは知ってましたよ」

「彼はその件では雄弁でした」ぼくも口を添えた。

「簡単なことですよ、タウンリー夫人」橋本が言った。「あなたのご主人が亡くなっているのなら、または、彼は亡くなっているとあなたがあくまで言い張るのなら、われわれは警察へ行きます。しかし、われわれが信じているように彼が生きていて、どこへ行けば見つかるかを、あなたがすすんで話してくださるなら……」

われわれから目をそらさずに、ローザは背後のマントルピースの上の銀の箱に片手を伸ばした。箱のふたをあけ、きちんと並んだ煙草の一本を取りだして唇にくわえると、橋本に眉を吊り上げてみせた。彼はちょっとためらってから前方へ足を運び、エーリヒのライターをカチッカチッと二度押して煙草に火をつけた。

われわれはじっと待った。ローザは煙草をぐうっと深く吸いこむと、わざとゆっくり煙を吐きだした。もう一度、今度は浅く吸いこんでから、彼女はようやく口を開いた。「あなたたちにはわかってないのよ」

「じゃあ、わからせてくださいよ」ぼくは挑むように言った。

「あなたがたが言うように、ミスター・オールダーはここへきたわ、どうやってスティーヴンを見つけたらいいか知りたいと言ってね」

「あなたはループなんて聞いたこともないと言いましたね」

「あれは本当じゃなかった。謝るわ。でも、あなたがたの脅しが……わたしを混乱させたのよ」（彼女の混乱した外見とはいささか風変わりなものだ）「たしかに彼はやってきたわ。脅したりはしなかったけど」

「本当に？」

「エーリヒやわたしを脅したりしなかった。スティーヴンについては、死んだ人間をどうやって脅せるの？　ミスター・オールダーにはあなたがたに話したのと同じことを話したわ。スティーヴンは死んだと」

「彼は信じましたか？」

「いいえ。あなたがたと同様に」

「当然でしょうね」

「彼はスティーヴンにメッセージを伝えてほしいと言ったわ」

「どんなメッセージですか？」

「一九六三年の夏と秋のスティーヴンの行動に関して、彼が多大なダメージをこうむる情報が含まれた手紙を自分は持っている。彼はそう言ったわ。どんな情報かを教えるのは拒否した。その手紙の内容が公になるのを阻止したければ、タウンリーはミスター・オールダーに連絡をとるべきだ。そう伝えてくれと彼は言った」彼女は肩をすくめた。「わたしにできることは何もないと、わたしは彼に話したわ。スティーヴンは死んだんだからと。彼は証拠を見せろと言った。彼はあなたがたと同じ疑問を口にしたわ」

「それで、あなたはそれを証明できたんですか？」

「いいえ。この三十八年間、夫とはいかなる種類の接触もなかったから」

「それなら、彼が死んだとはわからないじゃないですか？」

「わたしにはわかってるのよ、ミスター・ブラッドリー」彼女はぼくが目をそらすまで、かなりきびしい目つきでにらみつけた。「自分なりに納得してるわ」

「何を根拠に？」

　彼女はしばらくのあいだ、しきりに煙草をふかしたあと、大きな溜め息をわれわれに振舞った。「わかったわ。ミスター・オールダーにも話したから、あなたがたにも話すわ。わたしには子どものころからの友達がいるの——ヒルデ・フォス。彼女はわたしの結婚式にもきてくれたわ。スティーヴンをよく知ってるの。彼女は彼が……姿を消すまえから、彼を知っていた」（その言葉で彼女が何を意味したのか訊ねたかったが、話を続けさせたほうがよさそうだった）「ヒルデはまだベルリンに住んでるわ。わたしは彼女としじゅう会ってる。いい友達なのよ。でも彼女について、あなたがたが理解しなければならないことがあるの。彼女には……透視力があるのよ」

「ええっ、ちょっと――」

「本当なの。それは何度も何度も証明されたことよ。あなたがたがそれを信じようが信じまいが、そんなことは重要じゃない。それは事実だから。ヒルデはずっと昔、わたしがまだ合衆国に住んでいたころ、手紙を寄こして……スティーヴンの死を見たと告げた」

「どこで？」橋本が訊ねた。「いつ？」

ローザは相手が思わずひるんでしまうような目つきで彼を見た。「文字どおりの意味じゃないわ。彼女は……非現実の世界を見るのよ」

「それで」ぼくは彼女を促した。「彼女は何を見たんです……非現実の世界の？」

「スティーヴンが死んだのを。三十年近くまえに非業の死を遂げたのを」

「もっときちんと話してくれませんか？」

「わたしにはできないわ。ヒルデが手紙を寄こしたのよ……一九七二年のいつだったかに。それだけ」

「ループに話したのもそれだけ？」

「それ以上、彼に話せることは何もなかった。もちろん、彼は依然としてわたしを信じなかったけど」

「そりゃそうだ」

「それで彼はヒルデに会いにいったの。彼女がそのあとで彼が訪ねてきたと話したわ。彼からは二度と何も言ってこなかった」

「そんなばかなこと」

「彼から二度と連絡はなかったのよ、ミスター・ブラッドリー」

「ヒルデは彼の訪問についてどう話してました？」

「彼を納得させたと思うと言ってたわ」

「彼を納得させた？　よしてください。そんなことを鵜呑《うの》みにするとは、よもや期待してないでしょうね」

「いずれにしても、わたしは何も期待してないわ」

「われわれもフォス夫人に会います」橋本が言った。

「どうぞ。彼女の住所と電話番号を教えるわ。ミスター・オールダーにもそうしたように」

「ちょっと待ってください」何もかもがあまりにも都合よくはまりすぎている。しかし、重要な点でひとつ矛盾があった。「ループの訪問があなたの言うように害のないものだったのなら、どうしてエーリヒがあれほど敵意を抱くんです？」

「たぶんあなたが彼を怒らせたんだわ。エーリヒは……すぐに腹を立てるから」

「彼はわたしを殺そうとしたんですよ」

「いいえ、ちがうわ。きっとあなたを脅そうとしただけ。それだけよ」

「あなたはあの場にいなかった」

「ええ。でも、あなたはここにいるじゃないの、ぴんぴんして」

「それはただ――」

「失礼ですが」橋本が割りこんできた。「こんなことは無意味です。われわれはフォス夫人と話をします。そのあとは……わかりませんが。われわれにはまだエーリヒのライターがあります。それを忘れないでください、タウンリー夫人。あなたがほかの採るべき道を与えないなら、われわれはこれを持って警察へ行きます」

「わかったわ」

「フォス夫人がわれわれを納得させることができるかどうか疑問ですね」

「それに、彼女がループを納得させたかどうかも疑問だ」ぼくが口をはさんだ。

「あなたは疑ってるわね」ローザがそう言って、ふわっと立ちのぼった煙草の煙ごしに、軽蔑するようにぼくをじろりと見た。「それはみえみえだわ」

8

ついにぼくがたどり着いたのは〈アドロン〉のバーだった。橋本もいっしょだった。けれども、彼はぼくをそこに残したまま立ち去ったほうがよかったかもしれない。なぜなら、まもなくぼくは、彼の今夜の戦略はじつにまずかったと、心のうちを吐きださずにはいられなくなったから。すると、公平な心の持ち主である橋本は、それを認めねばならないと感じた。

「ローザ・タウンリーは悪賢い女なんだよ、ランス。わたしは何より彼女に考える時間を与えたくなかった。ところが、千里眼の友達に言及することで、彼女はまさしくその時間稼ぎをやってのけた。これはわたしが予想した展開ではなかった」

「われわれが到着して以来、わたしに予想できた展開なんて何ひとつなかったよ」ぼくは文句を言った。「わたしは今夜、死んでいたかもしれないんだ」

「エーリヒ・タウンリーがあなたに危害を加えるようなまねは、わたしが絶対にさせなかったさ」

「暗闇のなかでこっちを見失っていたら、どうしたんだよ？」

「見失ったりしないよ」

「ロンドンを発つまえに、まず話し合ってからでないと何もしないと約束したじゃないか」

「こんなこともあるさ……つまり、先手を打つといったことも」

「それなら、フォス夫人の話を聞くのを待たずに、警察へ行くように提言する。先手を打つということなら、それでどうだね？」

「それは賢明ではないだろう」

「彼はわたしの喉にナイフを振りかざしたんだよ、キヨ。そうしたことは警察に届けるべきだ」

「だが、彼は実際には――」

「やってたさ、間違いなく」

「しかし、警察はあなたの言葉を信じるかな？」

「もちろんだよ、あなたが裏づけて――」はっと口をつぐんで、彼をまじまじと見つめた。「あなたはわたしの言葉を裏づけてくれるんだろうね、キヨ？」

橋本は困惑したような顔つきでぼくを見たから、こっちはさらに困惑してしまった。「ともかく、あしたフォス夫人と話をしてから、どうするか決めよう」

「わかった」

「申し訳ないと思ってるよ、ランス」

「当然だ」

「わたしはローザ・タウンリーが話したことを信じてないんだ」

「わたしだって信じたくないいさ」

「だがそれでも……」

「ふむ？」

「それは……あり得ないこととは言いきれない」

「何が？」

「彼女が」彼はそう言いながら体をすくめた。「真実を話している可能性もあるってことだよ」


　昼間の光のなかで見るほうが物事は順調に感じられる、と言われている。翌朝遅くに目覚めたとき、あたりにはたしかに日射しが溢れていた。ベルリンの空は雲ひとつなく、空気はさわやかに澄みきっていた。ローザ・タウンリーの差しだした完全な行きどまりが、結局のところは真実なのかもしれない。そしてそれが、考えられるもっともいい結果なのかもしれない。そんなふうに思いながら、朝食をとるためにふらふらと階下へおりていった。もちろん、そうなるとループの問題は未解決のままだ。だが、ナイフを振りかざすいかれた男とは断じて付き合う気はなかったから、エコーには、まだやめるときはきていないと告げたものの……まさにその潮時なのだと、ぼくは考えたくなっていた。

レストランで橋本を見つけたのは驚きだった。お茶をすすりながら《ウォール・ストリート・ジャーナル》のヨーロッパ版を繰っている。ぼくが知っているかぎり、彼は明け方に朝食をとる男だった。正直なところ、ぼくは自分の考え事だけを——たいしたものではなかったが——相手に、ベーコン・エッグをつつくのを楽しみにしていた。とはいえ、ぼくはせいいっぱい落胆した様子を見せまいとした。

「気分はどうだい、ランス？」橋本が問いかけた。

「よくわからん。どんなふうに見える？」

「こうした事情にしては、かなり元気そうだ」彼はかすかに微笑した。「わたしは忙しかったよ」

「また驚かせるのか」

「フォス夫人と話をした」

「ええっ、もう？」

「言うまでもないが、タウンリー夫人がすでに話をしていたよ」

「土台を固めとくためにちがいない」

「むろんだ。だが……いずれわかるよ。今日の午後、われわれはフォス夫人と会ってお茶を飲むことになった」

「そいつはすばらしい機会になるだろうよ、きっとね」

「皮肉を言ってるのかい、ランス？」

「どうしてそう考えるのかわからないね」

「ふむ」彼はじっとぼくを見ながら思案した。「皮肉に完璧《かんぺき》に効く薬を知ってるんだ」

「ほんとに？」

「ああ。フォス夫人とお茶を飲む時間までに……あなたにそれを投与できるだろう」


一時間半後、ベルリン動物園の入り口の両側にある、二頭の象の石像の前でわれわれはタクシーから這いだした。「動物というのはね、ランス」入場券売り場で列に並んでいたとき、橋本が言った。「われわれの心からすべてのつまらないことを追いだしてくれるんだよ」

「あなたがそう言うんならね、キヨ」

「子どものころ、ペットを飼ってなかったの？」

「ああ」

「どうして？」

「うちはそういう家族じゃなかったんだ」（あるとき、犬を飼うかどうかで言い争いがあったことをぼんやり思いだした。餌を与えたり散歩をさせたりする犬がいなくても、うちには

ぼくという充分に手のかかるのがいるという理由で、父はその思いつきを退けたのだった)

「あなたは?」

「いなかった」橋本は悲しげに首を振った。「飼う場所がなかったんだ」

「〈ゴールデン・リクショー〉の家族の居住部分はすこし窮屈だったんだね?」

「ああ、そうだ。それでも……」彼は頬をふくらませた。「わたしはいまだに、あのころペットがいなかったのが残念でしかたないんだ」


型どおりの気分にとりこまれてしまった。動物園をだらだら歩きまわっているあいだ、橋本は失われた少年時代にたいする郷愁にも似た懐かしさと、動物たちを息を呑んで見つめる恍惚《こうこつ》のあいだを行ったり来たりした。その一方で――人間の喉を咬み裂きたくてうずうずしている躁鬱症《そううつしょう》の虎を目にしたり、動物たちをのこらず見てまわったりしているうちに――ぼくの心に浮かんだ思いは口にされることはなかった。時間つぶしの方法としては、これもそんなに悪くないかもしれないが、ぼくならもっとましなことを考えついただろう。そこには橋本が請け合ったような、魔法のように心をすっきりさせるものはなかった。ぼくは何も感じなかった。

しかし橋本はそうではなかった。そこが肝心なところだと、ぼくは遅まきながら気づいた。ここへやってきたのはぼくのためではなく、彼のためだったのだ。彼がとくに心を惹かれたのはオランウータンだった。ときどきズックの布きれの下に隠れてみたり、ときどきこっちに悲しげな眼差しを投げたりしながら、囲いのなかをぶらつきまわっているオランウータンたちを、彼はぽかんと口をあけて眺めていたが、ふいにぼくにこう問いかけてきた。

「人生で本当に大切なものはなんだろう、ランス？」

「幸福だと思うな」

「では、何がわれわれを幸福にしてくれるんだろう？」

「そう、ごくふつうのものだよ」

「何がふつうのものなんだろうな……オランウータンにとっては？」

「さあ、わからんね。金ではない。旅行でもないな。酒もドラッグも論外だ。セックスはあるだろう——交尾期には。それに、餌をもらうときだ。時期に関係なくいつでも」

橋本は眉をひそめ、きびしい顔つきをぼくに向けた。「あなたは幸福と快楽を混同してるよ、ランス」

「そうかな？」

「彼らはおたがいを信用してると思うか？」

「オランウータン的には……してるさ」

「彼らは嘘はつかないのかな？」

「だって、つけないだろう？」

「だが、われわれはつける」

「ああ」

「それはわれわれ自身が選ぶことだ」

「そうだな」

「それなら、わたしは嘘をつかないことを選ぶよ」

「そうか、それはすばらしいことだ」

「わたしはタウンリーの手紙に何が書いてあるか知っている」

一瞬、ぼくは聞き間違いだと思った。「なんだって?」

「タウンリーの手紙に何が書いてあるか知ってるんだ」彼はくり返した。

「でも……あなたは言った……」

「嘘をついたんだ」

「ちくしょう」ぼくは本気で腹を立て、彼をにらみつけた。

「すまない」

彼があとを続けるのを待ったが、そうする気配は示さず、彼はオランウータンのほうへ静かに視線を戻した。「キヨ」ぼくは促した。

「なんだい、ランス?」

「謝罪は受け入れたよ、オーケー?」

「ありがとう」

「手紙には何が書いてあるんだ？」

「ああ」彼はゆっくり頷いた。「もちろん、そうくるよね。でも真実を話すとなると、厄介なんだよ」そこで彼は微笑を浮かべた。「それはあなたを幸福にするとはかぎらない」


ぼくたちはスナックのバーへ行き、熱い飲み物を買って、外の人工湖のほとりにすわった。弱い乳白色の日射しはほかの客には寒すぎた。湖のほとりの座席にはぼくたちだけだった。橋本は煙草に火をつけ、コートのなかで体を縮めた。ぼくの聞きたがっていることを話してくれるにちがいないと、ぼくはできるだけ我慢強く待った。


ついに彼は口を開いた。「これが本当のことだよ、ランス」

「わかった」長い合間があった。「それで？」

「あなたに話すことはできない」

「なんだって？」

「姉はわたしに話した。そうせざるを得なかったからだ。ループが手紙を盗まなかったら、彼女はけっして話さなかっただろう。秘密を守りつづけただろう……永久に」

「ループが盗んだんだから、わたしには話してもらうべきじゃないかな？」

「いや。秘密を知れば誰でも、それを洩らす恐れがあるんだ。わたしはマユミに彼女の秘密を守ると約束した。わたしは約束は守れと教えられてきた。だがそのために、あなたに嘘をつく必要はないからね」

「あなたが窮地から抜けだせてまことに喜ばしいよ、キヨ。嘘はつかず、秘密も話さないってわけだ。まったくたいしたもんだ」

「また皮肉を言ってるね」

「そのことに驚いてるのか？」

「いや。失望してる」

「それなら、われわれの双方が失望してるんだ」

「あなたが失望することはない。姉が手紙の内容を話したとき、わたしは腹が立った。それを知って、ありがたくなかった。それはわたしが背負いたくない重荷だ。そんな重荷をあなたには背負わせたくない。あなたは知らないほうがいい——そのほうが安全なんだ」

「それについては、あなたの言葉を信じるしかないな」

「わたしを信用してもらわないと、ランス。われわれはおたがいを信用しなければならないんだ。スティーヴン・タウンリーを見つけたら……」彼は溜め息をついた。「そのときには手紙の内容を話すよ」

「約束を破って？」

「ああ。なぜならそのときには……」彼はぼくのかなたへ——彼にはぼくよりもはっきり見えているらしい未来へ――視線を向けた。「そのときには、そうせざるを得ないだろうから」

橋本清文に彼が秘密にすると決心していることを明かすよう迫ったところで、捕らえた虎に満足げな様子をしろと言い聞かすのと同じ程度の成果しかなさそうだった。われわれはその問題については休戦協定を結び、水族館を訪れてから動物園をあとにした。

つぎにわれわれが姿を見せたのは西ベルリンのショッピングセンター。午後になったばかりの雑踏のなかだった。一九八四年にループといっしょに旅行したときの記憶から、崩れたカイザー・ヴィルヘルム記念教会の塔を見分けることができたので、その隣の新しい八角形の教会へ橋本を連れていき、周りを取り囲んでいる青いガラスの壁を鑑賞した。ヒルデ・フォスとの約束の時間が近づいて立ち去る時刻になるまで、われわれは黙ってそこにすわりこんだまま、それぞれの物思いにふけっていた。

クルフュルシュテンダムを〈カフェ・クランツラー〉に向かって歩きだしたとき、橋本は爆撃で破壊された遺物と超近代的なその後釜をちらっと振り返って言った。「姉は戦争の終わりのころの東京爆撃を憶えているんだ。わたしはもっと早く生まれなくて幸運だったと彼女は考えている」

「たぶん彼女は正しいだろう」

「しかし、たぶんという憶測にすぎない。わたしはいつも彼女に言うんだよ。わたしが実際に幸運なときに生まれたかどうかは未来が証明するだろうと」

「それについては議論できない」

「未来については誰も議論できないさ、ランス」

「だったら、未来に何があるか、われわれは知らないほうがいいってことだ」

「ああ、そうだよ」彼は慎重な面持ちで頷いた。「本当に……そのほうがいい」


われわれのごく近い未来はヒルデ・フォスが握っていた。〈クランツラー〉に着いたとき、彼女はすでにわれわれを待っていた。明るい目をした小柄な女性で、赤のロングコートにスカーフをふわっと流し、紫のベレーをかぶって、おびただしい数の指輪と腕輪をつけている。肉体的には、彼女は旧友のローザ・タウンリーと同じようには年齢をかさねていなかった。ベレーの下から見えている髪は染めてあるにもかかわらず、彼女のほうが十歳は年長に見えた。ひっきりなしに咳きこみながら吸っている煙草が、その理由のひとつにちがいなかった。とはいえ、知力のほうは衰えていなかった。

「ローザに言ったのよ、あなたがたはわたしの話を信じないだろうって」お茶が運ばれてくるとすぐに、彼女はそう言った。「どうして信じるはずがある？　わたしは彼女の友達で、あなたがたの友達じゃないもの」

「スティーヴン・タウンリーのことを話してください」橋本が穏やかに言った。「わたしたちは……偏見は持っていません」

「偏見を持ってない？」彼女はそれを聞いてげらげら大声で笑い、とうとう咳きこんで体を二つ折りにした。

「彼はどんな男でしたか？」ぼくは訊ねた。

「スティーヴン？　ハンサムな青年だったわ。それにアメリカ人は、五〇年代にはここで、そう、もてもてだった。でもスティーヴンは……」彼女は肩をすくめた。「わたしは彼を信用してなかった」

「どうして？」

「彼の心には暗黒の部分があったから。わたしにはそうしたものが見えるの。そうしたものを感じるのよ。ずっとそうなの。ローザが見てたのは……ハンサムな顔と広い肩幅と……クッキーとキャデラックの国へのパスポートだけ」

「彼は邪悪な男だったと言ってるんですか？」

「彼のなかに邪悪がひそんでいたのよ。そしてそれがあらわれてきた。彼は彼女に……ちゃんとした扱いをしなかった。それでも……彼女をアメリカへ連れていったわ。それは彼女が望んだことだったの」

「でも今では、彼女はここへ帰ってきてますね」

「年を取るとともに望むことも変わってくるのよ」

「あなたが最後に彼に会ったのはいつでしたか?」橋本が訊いた。

「スティーヴンに? 一九五五年に彼とローザがアメリカへ発ったとき」

「それ以来まったく会ってない?」

「ええ、まったく」

「ずいぶん昔のことだ」それを聞いて頭に浮かんだ思いを隠そうともせず、ぼくはそうつぶやいた。

「昔のことだろうが、最近のことだろうが、わたしには違いはないわ」

「やめてください。それでは、あなたは彼をよく知ってたとは言えませんよ」

「そうね《ナイン》。でも、あなたがスティーヴンに一度でも会っていたら、彼を忘れることはできなかったでしょうね。いつまでも脳裏に残ったはずよ」

「すくなくとも一九七二年まではね」

「わたしは夢でいろんな人を見る。出来事を見る。それはわたしの責任じゃないわ。本当よ、あなた《マイン・ユング》、それはありがたいというより呪わしいものなの」

「タウンリーに関してはどんなことを夢で見たんですか?」

「彼の死。一九七二年の五月二日だった」

「正確な日付を憶えてるんですか?」

「調べたのよ。夢の記録をとってあるの。見たい?」彼女はハンドバッグから使い古した日記帳を取りだした。表紙に浮き彫り刷りになった年号が見えた。あるページに印がつけてある。彼女はわれわれの前にそのページを広げた。彼女の人差し指がその場所をとんとん叩いたので、首を前に伸ばして覗きこんだ。〝五月二日、火曜日〟その下に小さな手書きの文字で〝トーデストラウム：S．T．〟と記されている。「死の夢」彼女がゆっくり訳した。「スティーヴン・タウンリー」

「そうか、それが決め手ってわけか」

「わたしを信じようと信じまいと」ヒルデはぴしゃっと日記帳を閉じた。「こっちはどうでもいいのよ」

「彼がどんなふうに死ぬのを見たんですか？」橋本が訊ねた。

「どうして知りたいの、信じてもいないのに？」

「われわれを納得させられるかもしれないでしょう」

「さあ、それはどうかしらね」彼女は日記帳をハンドバッグに戻し、またひとしきりごほごほ咳きこんだ。奇妙なことに、それが彼女を落ち着かせたようだった。彼女の眼差しがぼんやりと宙をさまよった。「どこか暑いところ。フロリダか、メキシコか、はっきりしないけど。ヤシの木立があったわ。それに彼を殺した男たちの顔が汗でびっしょりだった。夜だったわ。彼らは……長いナイフを持ってて、彼をぐさっと切りつけた。ものすごい血だった。ひどい死に方だったわ。すごく苦しんで。熱い血が暑い夜のなかへどくどく流れだした。わたしはそれを見たの」彼女は身震いした。「それを感じたの」

橋本はぼくのとっさの反応を確かめようとして、ちらっとこちらを見た。ぼくは自分が反応したのかどうかわからなかった。透視力といったものをそっくり信じていようがいまいが、その話にはたしかに説得力があるようだった。とはいっても、ヒルデは愚かな女ではない。ローザも明らかにそうではない。二人のあいだでこの話をでっちあげることは可能だった——充分に可能だった。

「それがミスター・オールダーに話したことなんですね？」橋本が彼女に質《ただ》した。

「ええ。彼に話したことよ」

「彼はどんな反応を示しましたか？」

「あまり喋らなかったわ。じっと耳を傾けてた。そして、去っていった」

「あなたを信じましたか？」

「どうやら……信じたくなかったみたいね。でもあとになって……信じたかもしれない」

「彼はあなたにまた連絡をとってきましたか？」

「会ったのは一度だけよ」

「それはいつでしたか？」ぼくが割りこんだ。

「九月のはじめ」

「もっとはっきり言えないんですか？　あなたのように細かい記録をとっている女性なら

……」

　彼女はおおげさな溜め息をつき、ハンドバッグから最近の日記帳を引っぱりだすと、半円形の眼鏡を鼻にのせて記入してあることを調べた。「六日よ」ちょっとしてから彼女はそう告げた。

「どこで会ったんですか？」

　またしても溜め息。「ここ」

「このカフェで？」ぼくはあたりを見まわした、その光景を頭に描こうとしているといったふうに。

「ええ」ヒルデの声がうなるように低くなったと思うと、またもや咳きこんだ。

「彼は今、どこにいますか？」咳がおさまったところで、ぼくはそう問いかけた。

「どういうこと？《ウォホン・レーデン・ジー》」彼女は理解できないようにぼくを見つめた。

「ループ・オールダーは今、どこにいるかと訊いてるんですよ、フォス夫人。あなたの透視力なら、そんなことは難問ではないはずです」

「冗談のつもりなの、あなた？《マイン・ユンゲ》」

「とんでもない」

「わたしは見たいものを指示するわけじゃないのよ。自分ではコントロールできないの。あなたの友達のミスター・オールダーは、彼は……」彼女は見えないハエを——それともハエではなく、ぼくだったのかもしれない――ばしっと叩いた。「わたしのところへはやってこなかったわ。生きてるにせよ死んでるにせよ」

「残念だな。われわれのために、あなたがすべての謎を解き明かしてくれるかもしれないと願っていたのに。しかし、明らかに望みすぎでした」

「そうね《ャー》」ヒルデは荒々しい仕草で煙草をもみ消すと、吸い殻のつまった灰皿ごしにぼくをにらんだ。「望みすぎもいいとこだわ」


「どう思う？」ケーキと煙草と透視力に専念できるようヒルデをその場に残して、カフェから外へ出たとたん、ぼくはそう問いかけた。

「わからないよ、ランス」橋本は言った。「重大な疑問は〝ループはどう考えただろう？〟ってことだ」

「わたしも同じだ。それと、彼女はいんちき婆さんだってことだ」

「あなたは信じないのか、彼女に……透視力があるとは？」

「全然」

「一九七二年の日記に記されたことは……印象的だったよ」

「へえ、わたしは何も感じなかった」

「うーむ」

「キヨ？」

彼は足をとめてぼくを見た。「これは、おそらくあなたが考えているほど簡単なことではないよ、ランス」

「どんなふうに？」

「フォス夫人はそうした夢を見て、それがスティーヴン・タウンリーが死んだことを証明していると信じたのかもしれない。タウンリー夫人もそれを信じたのかもしれない。夢が真実か否かは――彼は実際に彼女の描写どおりに死んだのかどうか、とか、ともかく彼は本当に死んでしまったのかどうかといったことは――このさい、かならずしも重要じゃないよ。彼女たちが本気でそれを信じているのなら、明らかにタウンリー夫人は夫の居場所を知らないということだ。そうなると……」

彼は首を振った。だがそれ以上は言わなかった。もちろん言う必要もなかった。その結論は明白であるとともに憂鬱なものだった。そうなると……われわれは時間を浪費しているだけだ。ベルリン行きの飛行機に乗って以来ずっと。

けれども、ぼくはそんなふうには考えなかった。タクシーで〈アドロン〉へ戻るあいだに、ぼくは橋本に、エーリヒ・タウンリーがヴィクトリア公園でどう見てもぼくを殺す気だったことを思いださせた。どうしてだ？　彼の父親に関する質問が彼にとってなんらかの脅威になるとしか考えられない。だが、父親は死んだとエーリヒが本当に信じているとすれば、どんな脅威がありうるというのだ？　ぼくにわからないように、橋本にもわからなかった。

したがって次に何をすべきか、さっぱりいい考えが浮かんでこなかった。そんなわけで、とぼとぼと〈アドロン〉へ入っていってキーをくれと言ったとき、われわれはさぞかしょんぼりした二人連れに見えたことだろう。そしてそれは、われわれを待っていた訪問客にとっては、元気づけられる光景だったにちがいない。

ローザ・タウンリーがロビーの中央で、フラシ天のクッションが置かれたアームチェアのひとつに、背中をぴんと伸ばして静かにすわっていた。昨夜とはべつの黒い服を着て《ヴォーグ》のページを繰っている。椅子の横には〈ガラリエス・ラファイエット〉の手提げ袋が立てかけてある。彼女はわれわれを見て驚いたふりすらしなかった。

「ティー・パーティ、ずいぶん早く終わったのね？」われわれが彼女の向かい側のソファーに腰をおろすと、彼女はいたずらっぽく問いかけた。

「ここに宿泊していることを、どうやって知ったんですか？」橋本が訊ねた。

「現代の電話のおかげ」彼女は微笑を浮かべて答えた。「ヒルデはあなたがたが彼女にかけた電話番号を調べたのよ。わたしはたまたま今日の午後はこのあたりにいたから……」彼女は手提げ袋のほうへちょっと顎をしゃくってみせた。ここへきたのは買い物に出かけたついでにすぎないのよと言わんばかりに。「ヒルデがあなたがたの知りたかったことを話したのならいいけど」

「あなたがわれわれに知らせたかったことを話しましたよ」ぼくは言った。「一九七二年五月二日。メキシコのほうで。ナイフを持った男たちが。あなたのメッセージは受け取りました」

「スティーヴンは死んだのよ、ミスター・ブラッドリー。ずっと以前に。それがただひとつのメッセージ」

「たしかに、届けられたのはそれだけです」

「まだ信じないの？」

「ええ」

「どうして？」

「あなたの息子は死んだ男を守るために、わたしを殺そうとはしないでしょうから」

「昨夜、あなたと彼のあいだで起こったことを、エーリヒはそのまま話しましたよ」

「もちろん、そうでしょう」

「警察へ届けねばならない者がいるとすれば、それはあなたではなく彼だわ。彼はそうしてもいいのよ――あなたがたがいやがらせを続けるのなら」

「まるでこだまが聞こえるようですね」

彼女は眉をひそめてぼくを見た。「なんのこと?」

「口先だけの脅しのなかに」

「タウンリー夫人」橋本が突然、断固とした口調で言った。「二十四時間のあいだに自分の立場を考えてください。そのあとで、あなたが夫の居場所を教えることをまだ拒むようなら……」彼はまるで謝罪するような仕草で肩をすくめた。「われわれはそうするしかありません」

「二十四時間で何も変わらないわ」

「あなたの気持ちが変わるように願ってます」(ぼく個人としては、二十四年でもそんな奇跡が起こるとは思えなかったが、橋本の戦術はたしかに健全なようだった)「明らかにわれわれの誰一人、警察を巻きこむことを望んではいません」

「それなら、巻きこまないことね」ローザは顎をすこしぐいと上げる奇妙な仕草をして椅子から立ち上がり、われわれが尊敬する伯母を見送る従順な甥でもあるかのように、あなたたちも立ちなさいと促した。「わたしのほうはもう説明する努力はしたんだから」彼女は手提げ袋を取り上げると——そこには明らかに一組の手袋ぐらいの重さのものしか入っていなかった——彼女の《ヴォーグ》をそのなかにするっと落とした。「それはあなたがたのほうが決めることだわ」

「最後通告だな、キヨ」その二、三分後、ローザが仕立てのいいクリーム色のオーヴァーコートをクロークで受け取ったあと、ホテルから出ていくのを見守りながら、ぼくはつぶやいた。「みごとな手だよ」

「あれしか手がないんだ」彼は無表情に言った。

「うまくいくと考えてるのか？」

「いくかもしれん」

「うまくいかなかったら？」

彼はわたしのほうを振り向いて、どうしようもないさ、というように両手をひろげた。

「すくなくともこっちには、そのことを考えるための二十四時間がある」


考えねばならないにしても、ぼくとしてはその夕方から始める気はなかった。橋本は『魔笛』がコミッシェ・オペラ劇場で上演されることを知って、ホテルの接客係にチケットを手に入れてもらおうと提案した。ドイツのオペラで数時間をすごすのは、ぼくのもっとも望まないことだと説明しなければならなかった。橋本にはモーツァルトで心を癒させることにして、ぼくはいちばん近くの、吹き替えのない映画を上映している映画館へ出かけていった。しかし、アメリカの心理サスペンス映画は、ぼくみたいに心身ともにぼろぼろの状態の男が必要としているたぐいの娯楽ではなかった。気持ちを落ち着けるために、そのあと、まがいもののアイルランドふうパブで数杯の酒をかたむけねばならなかった。真夜中ごろに身も心もゆったりして、朝までは何も考える必要はないだろうと確信して〈アドロン〉へ戻った。間違っていた。

部屋のドアの下に一通の手紙が差しこんであった。それをつまみ上げ（その拍子に、危うく転びそうになった）、たぶん無視してもいいような、防火訓練か、エレベーターの修理か、または何かほかの管理上の些事《さじ》の知らせだろうと考えてデスクの上に放り投げた。そのとき、ベッドわきの電話に赤い光がついているのが目にとまった。何かメッセージが待っているのだ。

デスクの椅子にどさっと腰をおろして手紙を見た。封筒にはぼくの名前が大文字で――〝ミスター・ブラッドリー〟と――手書きで書いてあり、上の左隅に部屋番号が記されている。筆跡に見覚えはなかった。折り返しぶたを破いて開いた。なかにはベルリンの無蓋《むがい》バスツアーの宣伝用パンフレットが入っていた。表紙には二台のグリーンとクリーム色のバスの写真。ぼくは、街でそのバスが通りを走っているのを見ていた。パンフレットを開いたときにすべり出たべつの紙切れは、時刻表だった。料金と、ヨーロッパセンターとブランデンブルク門からの出発時刻が、一覧表になっている。ブランデンブルク門の十二時十五分出発のところを、誰かが赤インクでまるく囲んであった。妙だなと思ったのを憶えている。すごく妙だなと。

電話のところへ行き、受話器を取り上げてメッセージボタンを押した。コンピューターで処理された声が何かを告げた（もちろんドイツ語で）。それから短い電子装置の中断があったあと、メッセージがとびこんできた。〝あなたたちが聞いたことは本当だ。わたしは手紙を持っている。わたしはベルリンにいる。われわれは会わねばならない。きみとわたし。それにハシモト。あした。方法は追って知らせる。わたしを信じるんだ〟

ぼくはのろのろとベッドに腰をおろし、回線が切れるまで受話器を握りしめていた。そのあとメッセージボタンを押して、もう一度、録音されたメッセージを聞いた。

疑問の余地はなかった。事実、最初の言葉を耳にした瞬間から、なんの疑問もなかった。それはループの声だった。

9

ベルリンは完璧な天候にくるまれていた。空は雲ひとつなく青く澄みわたり、空気はさわやかで、暖かな日射しと対照的に日陰はひんやりしていた。十二時十五分のベルリン市巡りの無蓋バスが、パリゼル・プラッツの出発地点からがたがた走りだし、ブランデンブルク門の台座のある柱のあいだを這うように進んでいったとき、多くの言語を話す、やたらと活動的なガイドは、二階の前方座席をマイク片手に飛びまわり、さまざまな国籍の十人あまりの観光客が熱心に彼の説明に耳をかたむけていた。その一方で、後部座席に橋本と並んですわったぼくは、二十五ドイツマルクで手に入れた高所からの歴史的遺跡の眺めには、ほとんど関心を向けなかった。

ループはどこにいるのだ？　どこにも姿は見えなかった。彼が行けと言った場所へわれわれはやってきた。それなのに、彼はいない。〝われわれは会わねばならない〟そのことに関しては、まさしく彼が正しい。〝あした〟そう、そのあしたがやってきた。われわれもやってきた。だのに彼はこない。〝わたしを信じるんだ〟ぼくはたしかに彼を信じている。橋本もそうだとはいえ、かならずしも心から信用しているわけではない。

「どうして信じられるんだ、テープの声がループだと？」その朝、彼の最初の疑惑が吹きだしたとき、彼はそう問いつめた。

「わたしには彼の声だとわかったよ、キヨ」

「声は真似ることができる」

「わたしにはあなたの声は真似られない」

「それはあなたがそうした訓練をしてないからだ」

「やめてくれよ。あれは彼だ。わたしにはわかるさ」

「たぶんそうだということで折り合おう。でも、彼がむりやりそう言わされたのではないと、確かめる方法はあるのか？」

「いったい誰が、どんなわけで、ベルリンを巡る観光バスツアーにわれわれを行かせたがるんだよ？」

「わからない。筋の通らない指示だ」

「ただし、あれが本当にループなら筋が通ってるさ」

「しかし、彼はどこでもわれわれと会えるんだよ、ランス。どうしてバスなんだ？」

それはいい質問だった。だがぼくに考えつける唯一の答えは不安をおぼえるものだった。

バスはすぐ近くに目撃者がいる安全な中立地帯だ。ループは乗りこむまえに誰が自分を待っているか確かめることができる。言い換えれば、彼はわれわれを信用していないということだ。それとも、信じるだけの余裕がないのかもしれない。けれども、タウンリー親子や彼らの従順ないんちき占い師の話したことがすべて本当だとしたら――ループも本当だと言った――どうして彼はそれほど神経質にならねばならないのだ？　どうしてこんなに念入りな用心をするのだろう？

電話メッセージは午後九時二十七分に録音されていて、テープの現物を手に入れたときに、橋本がそのことを突きとめた。（われわれは二人とも頭がおかしいと接客係が考えたのは明らかだったが、彼はついに、われわれのためにシステムからそれを抜き取ることを承知した）午後九時二十七分をすこし過ぎてから、ぼく宛の手紙が受付に届けられた。受付係は封筒にぼくの名前と部屋番号を書いた。（彼女はそれを憶えていなかったが、自分の筆跡に間違いないと認めた）そのあとベルボーイが（たぶん）それを部屋に届けた。そのすべてがわれわれに告げたのは……じつにわずかなことだった。

とはいえ、わずかというのは何もないということではない。ループはわれわれがベルリンにいることを知っている。どうやって知ったのだ？　それに、どのホテルに滞在しているかも知っている。これまた、どうやって？　彼はタウンリー親子を見張っているのかもしれない。それとも、ヒルデ・フォスが彼に情報を提供している可能性もある。彼女は二股をかけることができるほど利口だ。もちろん、そう考えたら考えたで、どうしてという疑問が押し寄せる。いくつもの〝どうして〟と、あまりにも多くの〝何のために〟という疑問が。ループがわれわれをつけていたのなら、ぼくが〈アドロン〉で彼からの電話に出られないことを知っていたはずだ。それは、彼がぼくと話したくなかったことを示唆している。メッセージを届けることだけが必要だったのだ。

とはいえ、彼はもうすぐぼくと話さねばならなくなる。バスツアーは彼にたっぷりと機会を与える。予約する必要はない。時刻表は公示されている。飛び乗るだけだ。そう、路線地図には、われわれの一時間半のツアーに十二かそれ以上の停留所が表示されている。ループはそのどこかで待っていることができるのだ。ぼくとしては彼が待っていることを願うしかなかった。彼がわれわれの期待を裏切ったら……いざとなって勇気をなくしたら……〝あなたたちが聞いたことは本当だ〟ぼくは彼自身の口からそう告げられた。だから、このことをこれ以上追いかけてもむだだ。ぼくのループ捜しはここで終わりだ。たとえ彼を見つけられなくても。だが一方、橋本のほうは……〝わたしは手紙を持っている〟

「手紙には何が書いてあるんだ、キヨ？」さっきバスを待っていたとき、ぼくは彼に訊ねた。「今、話してくれるほうがいい。どうせループがもうすぐ話すだろうから」

「あなたの言うように。もうすぐにね」

「よせよ。わたしに隠してどうなる？」

「約束はどうなる？」彼は言い返した。

「あくまで守る、あなたはそのつもりだろう」

「ちがうよ。肝心なのは、それが自発的にこだわりなく語られることなんだ」

「あなたは禅の境地でわたしに心を開く気はないんだね？」

彼は心底から当惑したように、眉をひそめてぼくを見た。「マイ・フレンド」彼はことさら強調してそう呼びかけた。「わたしはずっとそうしてきたよ」

それなら、バスが旧帝国議会議事堂へとゆっくり進んでいったとき、橋本がぼくよりはるかに平静でいられたのは、おそらく禅の精神統一法によるものだったろう。旧帝国議会議事堂ではドームを見物するために観光客が長蛇の列を作っていたが、バスを待っている者は一人もいなかった。ティアガルテンをさらに進んでいくころには、めっきり冷えこんできたけれど、ガイドは通りすぎる名所について退屈な逸話を披露して乗客を楽しませ、元気づけようとするだけだった——ぼくはそんな話にはすこしも興味はなかったが、橋本はうっとりと聞き惚れているように見えた。

「われわれは名所見物にやってきたわけじゃない」バスが風の吹きつける凱旋門《がいせんもん》をゆっくりまわっているとき、ぼくはぶつぶつ文句を言った。「しっかり目をあけてループを見張ってろよ」

「彼がくるにしろこないにしろ」橋本は応じた。「見張ってれば、彼が視界に押しだされてくるわけじゃないよ」

たしかにそのとおりだったとはいえ、それがなんら――禅の悟りとはいかなくとも――役に立つわけではなかった。ぼくは目を大きくあけて見張っていた。（寒さでにじみだしてくる涙を、まばたきして払いのけるときはべつにして。むろん、橋本はぼくに比べると、暖かで快適だといった外見をなんとか保っていた）ループの姿は見えなかった。

ティアガルテンから出て市の中心街へ戻ると、風は凪《な》ぎ、ランチタイムの車の往来でバスの進行が遅くなった。動物園でバスがとまって何人かの人をのせたが、そのなかにループはいなかった。ガイドはカイザー・ヴィルヘルム記念教会では、新しい教会と鐘塔について長々とくだらない話をし、ベルリン証券取引所の革命的な建築については詳しい解説をおこなった。そのあと、クルフュルシュテンダムを東へ引き返しはじめ、われわれがヒルデ・フォスと会った〈カフェ・クランツラー〉の前を通りすぎた。陽光がそこの看板の大きな金色の文字からぎらぎらはね返ってきた。今では一時近くになっていて、ベルリンの人々が大勢街にくりだし、買い物をしたりランチをとったり、それぞれの用件で忙しく動きまわっていた。一人の男が人混みにまぎれて、まぶしい太陽に目を細めながらバスを眺め、ゆっくりそばを通っていくわれわれを見守るのは簡単なことだった。だからこそループはこんな計画を立てたにちがいないとぼくは思った。われわれがあらわれてから、自分が姿を見せるかどうか決めればいいのだから。

バスはふたたびカイザー・ヴィルヘルム記念教会を、今度はその南側を通りすぎて、タウエンツィーン通りをすこし先へいったところにある、ヨーロッパセンターの向かい側の停留所にとまった。それは大きな複合ショッピングセンターで、もうひとつの、時刻表にのっているツアーの出発地点だった。「ここで二十分間、休憩します」ガイドが告げた。「バスから出て脚を伸ばしたい方は、一時十五分までにかならず戻ってください。さもないと、二時三十分の次のバスを待たねばなりません」

橋本とぼくをのぞく二階席の全員がバスからおりた。ガイドも煙草を吸って運転手と話をするために下へ行った。観光客はウィンドーショッピングをするためにぶらぶら歩いていった。「いよいよかもしれない」とぼくは言ったが、自分が願ったよりは確信に欠ける口ぶりだった。「二十分あれば、ループがわれわれを見つけて乗りこんでこられるよ」

「それに周囲の大勢の人々が、彼が近づいてくるのを隠してくれる」橋本がそう言って、道路の反対側の混雑した舗道に目を走らせた。「あなたの言うとおりだ。ここがもっとも見込みのある場所だよ。今のところは……われわれがバスを独り占めしている」

タウエンツィーン通りの芝生と花壇がもうけられた中央分離帯には、間隔をとってベンチが置いてあり、ほとんどのベンチには持ち帰りランチをぱくついている労働者がすわっていた。ぼくは手すりごしに首を伸ばし、ベンチをひとつずつ順番に調べた。ループの姿はなかった。

「それに、これは奇妙なほど適切な選択かもしれない」橋本は続けた。「あの彫刻が見えるだろう？」

「あのパイプのこと？」中央分離帯の中間あたりに、直径一メートルぐらいの、ねじれてもつれ合った四本の金属の管が、芸術的主張だと思われる形状で地面から突き出ていた。（一九八四年にあったかどうか思いだせないもののひとつで、ぼくには考えられない代物だった）

「パイプねえ。そうだ。〝踊るスパゲッティ〟という愛称がついている。わたしのガイドブックによれば、分割された都市の象徴だそうだ」

「どうしてそうなるのかな？」

「パイプは地面に潜っている鎖の、切断された環をあらわしているんだそうだ」

「なるほど、そういうことか」

「家族というのは鎖のようなものだと思うよ。何か面倒が起こったときにはしっかり結束する。だがそれ以外のときには……わずらわしいもんだ。友情というのも同じじゃないかな？」

「そうかもね」

「わたしはループを寛大に扱うつもりだ。彼がやったことにたいして罰を与える気はない」

「わたしのためにそんなに寛大になる必要はないさ」

「しかし、彼はあなたの友達だ。そして、あなたはわたしの友達だ。だから、わたしは彼を助ける。あなたもマユミとハルコを助けてくれるよう願うよ……同じ理由で」

振り返ると、橋本はぼくに微笑みかけていた。これはこの男が初めて感情をあらわにした瞬間だとぼくは思った。「彼女たちのためにベストを尽くすよ、キヨ。もちろんだ」

「それだけだよ、わたしの頼みは。ああ――」彼の微笑が大きくなった。「忘れるところだった。〝踊るスパゲッティ〟に関しては、もうひとつ、ぴったりのことがあるんだよ。この管はアルミニウムでできてる」

「アルミニウムで？」

「これまた、わたしの――」

「ガイドブックによれば、だろう。なるほど」ぼくは彫刻を振り返った。「あなたは自分の望みどおり、わたしの親友のループ・オールダーに寛大になれるだろう。だがね、キヨ、わたしが彼にたいして自分の思いを容赦なくぶつけても、あなたが気にする必要はないんだからね。それにしても、いったい彼はどこにいるんだ？」

「近くじゃないかな。きっとすぐ――」

何かがぼくの真ん前の空気をひゅっと突き抜け、橋本が奇妙な喘《あえ》ぎを洩らした。ぼくはくるっと彼のほうを振り向いた。彼の眼鏡の右のレンズが砕けている。一瞬、妙な方向にはねた小石が彼に当たったか何かの、偶然の不運に見舞われたのだと思った。が、すぐに、彼の目があった場所の肉が赤く裂けて陥没しているのが目に入った。手を差しのべる間もなかった。橋本は瞬時に座席のあいだの通路に斜めに沈み、うつ伏せにどしんと床に倒れた。同時に、その音と混じり合って、金属が金属にぶつかるカチッという音が響き、ぼくの肘の近くの手すりに当たって撥《は》ねかえった弾丸が――そうにちがいなかった――ぼくをかすめてピューンと飛んでいった。ぼくはばっと床に伏せた。

通路に這いこむと、橋本の顔がぼくの顔のすぐそばにあった。眼鏡が斜めにかしぎ、左目は大きく見開いて空をにらんでいる。右目は脳みそと骨のくぼみのなかに消えていて、そこから血が流れ出て床にひろがっている。唇はゆるんで開き、ループはすぐそばにいるかもしれないよと、まだぼくに話しているかのようだ。だが彼がぼくに――あるいは、ほかの誰かに――話すことはもうない、二度とふたたび。橋本清文は死んだ。ほんの一、二秒まえまで、元気でぼくと話をしていたという事実も、なんら状況を変えることはできなかった。

またもや弾丸がぼくを飛び越えて前方の座席の背に当たった。革にあいた穴から発泡スチロールがもこもこ溢れだすのが見えた。明らかに誰かがわれわれを二人とも殺そうとしていて、やりかけのままで仕事をやめる気はないのだ。ぼくはバスから出なければならない。逃げねばならない。身をくねらせながら橋本の横をすり抜けて階段のほうへ進んだが、途中で床の上の何かが引っかかり、体といっしょにそれを引きずっていった。手を伸ばして体の下から引っぱりだすと、それはループのメッセージが入ったテープだった。橋本が倒れたときに彼のポケットから滑りだしたにちがいない。そのときになって初めて、われわれをこの罠におびき寄せたのはループだったことを思いだした。〝わたしを信じるんだ〟と彼は言った。だからぼくは信じたのだ。突然、これまで想像もできなかったほどのはげしさで、なにがなんでもループを見つけたいと思った。テープをしっかり握り、歯を食いしばりながら階段へ向かった。

またもや弾丸が頭上でうなった。すぐに比較的安全な階段にたどり着いた。這いながら体を起こして立ち上がると、踏み段を二段ずつ飛びおりて、階段の下の開いたドアに突進した。

舗道の両方向に人々が散らばっていて、数人が悲鳴をあげている。ガイドと運転手が前の車輪のガードのわきにしゃがんでいるのが見えた。また銃声が聞こえ、二人は体を縮めた。すぐにガイドがぼくを目にとめた。「おりなさい」と彼は叫んだ。「バスの後ろにいるほうが安全です。警察に通報しましたから」彼はぼくに見えるように携帯電話をかざした。「すぐにきますよ」

警察はくるだろう。ガイドもそのままじっとしていれば安全だ。だが、彼がターゲットではないのだ。狙撃手が次にどんな動きをするかわかるまで待つつもりはなかった。橋本は死んだ。ぼくの頭にあるのは生き延びることだけだった。バスは角を曲がったところに停まっているから、車体が角のところまではぼくを隠してくれるだろう。ともかく、隠してくれるようにと願いながら、ぼくは走りだした。

角をまわったときに、またしても弾丸が店の前をかすめて飛んでいったようだ。はっきりとはわからない。そのときのぼくの感覚は、生き延びるために絶対に必要なこと以外は、すべて排除していた。いっこくも早くタウエンツィーン通りから離れて、南を目指すこと。頭にあるのはそれだけだった。しかし、その状態もあまり長くは続かなかった。走るうちに、ぼくの頭は何が起こったのかを自分なりに理解し、それにたいする方策を立てようとした。これからどうすればいい？　どこへ行こう？　〝これは生死にかかわる問題なんだ〟橋本はロンドンでそう言った。ぼくは彼の言葉を信じなかった。だが、今ようやくそれを信じた。

南への道筋はT字路に突き当たった。右へ曲がったが、呼吸が苦しく脚が痛んでいた。自分の望むスピードで、あるいは、自分の望むところまで、走れる状態ではなかった。それでも走らねばならない。だが、どこへ？　それが問題だった。いったいどこへ行けばいい？　われわれは最初から騙されていた。それは明白だった。ローザ・タウンリーは時間稼ぎのための演技をし、こちらは彼女にその時間を与えてしまった。そのあいだに彼女とエーリヒは、それに、おそらくはループも加わって、われわれを処刑する計画を立てた。彼らはぐるだ。みんなぼくの敵なのだ。ぼくのただ一人の味方は十二時十五分のツアーバスの二階の床で死んでいる。

すぐにベルリンから出なければならない。タクシーがライトをつけて近づいてくるのが目にとまった瞬間、ぼくはそう悟った。彼らは街を知っているが、ぼくは知らない。このままでは迷子になってしまう。警察はぼくの言うことを信用しないだろう。自分でさえ信じられないのだから。このままここにいたら殺されてしまう。手を振ってタクシーをとめ、走って道路を横切り、車に飛び乗った。「テーゲル空港」と運転手にどなる。

「テーゲル空港ね。はい《ヤー》」車は走りだした。

　そのとき思いだした。パスポートは〈アドロン〉に置いてある。あれがなければ、どこへも行けない。「いや。空港じゃない。ホテル——」ぼくははっと口をつぐんだ。彼らにはぼくがそこへ行くだろうとわかってる。ぼくを待ち受けているかもしれない。それでもパスポートを取りにいかねばならなかった。〈アドロン〉へ行くしかない。ただ、直線ルートを使う必要はなかった。ぼくは地図を引っぱりだした。「コミッシェ・オペラ劇場へ行ってくれ」そこが〈アドロン〉のすぐそばだとわかって、そう命じた。そこからホテルの裏口へまわることができる。そこは言うまでもなく、橋本が『魔笛』を見にいった劇場だ。彼はゆうべ、モーツァルトの曲をハミングしていた。それが今は——

「コミッシェ・オペラ劇場ね。オーケー」運転手はスピードをあげた。車は目的地を目指した。

　タクシーに乗っていたあいだのことはあまり憶えていない、ぼくが望んだほど速くはなかったこと以外。とはいえ、べつの意味では速すぎた。今後どうすべきかについて、乗っているあいだにいい方策を考えつくだけの時間がなかったから。ともかく、すぐに出ていくこと。それが、ぼくのぼうっとなった論理的思考経路が考えつけるすべてだった。橋本は死んだが、ぼくは幸運にも死ななかった。もうループを捜すつもりはなかった、または、スティーヴン・タウンリーを、または、古い秘密について記してある古い手紙を。この街から出ていきたい。それだけがぼくの望みだった。

〈アドロン〉の裏口をうろついている者はいないようだった。ぼくは信号が変わるのを待たずに走ってウィルヘルム通りを横切り、そのためにすくなくとも一台の車が急ブレーキをかける羽目になった。すぐにホテルへ駆けこみ、走りだそうとする衝動を抑えながら、宴会用の続きの間を急ぎ足で横切った。できるだけ目立たないようにすべきだとわかっていたが、それどころではない気分だった。バスから這いずり出たために肩が疼《うず》いていたし、袖には橋本の血だと思われるしみがついている。どうにか人目を引かずに受付まで行き、静かな声を保つように努めながら、何食わぬ口ぶりで部屋のキーをくれと頼んだ。ロビーとバーは混雑しているというほどではなかったものの、大勢の人が溢れていた。誰かが正面のドアを見張っていたとしても、キーを受け取ってエレベーターのほうへ折り返していくぼくに気づかない可能性は充分あった。それに、客室の階へ行くにはルームキーを持っていなければならない。（それをエレベーターのセンサーの前で振るのだ）だいじょうぶ、危険はないとぼくは自分を安心させた。（ほかにどうできただろう？）

エレベーターから自分の部屋まで廊下を駆けていき、ドアをあけてなかへ飛びこむと、ドアが背後で閉まるのも待たず、隅の金庫に向かった。そのなかにパスポートと橋本から渡された予備のドイツマルクがしまってあった。

金庫の前に屈みこんで組み合わせ番号を押しているとき、背後からカタッという音が聞こえた。ぼくの押し方が充分でなかったために、ドアが閉まっていなかったかのように。肩ごしにちらっと見ると、そこにエーリヒ・タウンリーの姿があった。そっと押し閉めたドアによりかかっている。

「急いでるのか、ランス？」皮肉な笑みを浮かべ、彼はそう問いかけた。

ぼくはゆっくり立ち上がり、くるりと向きを変えて彼を正面から見た。

「ああ、いいから。そのまま金庫をあけてくれ。なかに入ってるものを見たいんだ。ひょっとして手紙が入ってるかもしれんのでね」

「なんの手紙だ？」

「どうしようもないときに、そんなふうに利口ぶってみせても、哀れをもよおすだけだぜ、ランス。それがわかってるのか？　どうしてここへ戻ってきた？」

「戻ってこなきゃ仕方ないだろう」

「ヨーロッパセンターの近くで発砲事件があったそうだ。日本人の旅行者がモルグへ運ばれてくようだぞ」

「誰がやったんだ、エーリヒ？」

「あんたは知りたくないだろう？　ループじゃないさ。彼は射撃手じゃないからな。だが、すばらしい囮《おとり》だ、そう思わないか？」

「どうしてハシモトを殺したんだ？」

「おれは誰も殺してない」彼は近づいてきた。「今はまだ」

「手紙には何が書いてあるんだ？」

「あんたのほうがおれよりよく知ってるんじゃないのか。金庫をあけろ」

「残念だが、できないようだ」

「どうして？」

「組み合わせ数字を忘れてしまった」

「ふざけるな、ランス」彼はぼくから一メートル足らずのところで足をとめた。「ふざけるんじゃない」彼はコートのポケットに手を差しこみ、何か取りだした。ナイフだと思ったが、ちがっていた。拳銃だった。ぼくは奇妙なほど超然として、自分に突きつけられた銃口を魅入られたように見つめた。「あけろ」

「じつはな、たった今、組み合わせ数字を思いだしたよ」

「すばらしい」

ぼくは向きを変え、金庫の前に屈みこんだ。ほかの何にもまして、ぼくにはパスポートが必要だった。それを手にしたら……しかし、ぼくに見越せるのは数秒先までだった。数字を押して扉を開いた。

「なかにあるものを全部だせ」

これはどう考えてもおかしかった。どうして彼はぼくが手紙を持っていると思うんだろう？　わけがわからなかった。パスポートとゴム紐で束ねた紙幣を取り上げ、彼に見えるようにそのひと摑みのものをかざした。「これで全部だ、エーリヒ」

「そのままじっとしてろ」彼は後ろへさがり、ぼくの横から金庫のなかを見るために屈みこんだ。見えるものは何もなかった。「いずれにしても、ほとんど見込みはないと思ってた」彼はまた立ち上がりながら言った。「あんたにとっては、なおさらついてなかったな」

「どうして？」

「自分で考えろ」（ぼくは考えなかった）「さあ、立つんだ。ゆっくり」

命令に従い、立ち上がりながらゆっくり向きを変えて彼と向き合った。

「ポケットのなかのものを全部だせ」

たいしてかからなかった。札入れ。グラストンベリーのフラットの鍵。汚れたハンカチーフ。コインがいくつか。それにテープ。

「おれのライターはどこだ？」

「ハシモトが持ってる。持ってたと言うべきだな。たぶん彼の部屋の金庫のなかだろう」

エーリヒは唇を噛み、いらいらしながら数秒間、そのことについて考えた。彼はしぶしぶながら、ぼくの言葉を信じたように見えた。「そいつをデスクの上に落とせ」彼はうなるような声で命じた。

「オーケー」デスクはぼくの右手にあった。慎重に一歩そっちへ寄って、全部を吸い取り紙の上に落とした。

エーリヒは散らばったものをちょっと眺めてから、すぐに視線をぼくに戻した。「テープには何が入ってる？」

「あのテープか？」

「ああ。あのいまいましいテープだ」

「ええと、なんだったかな――」

「なんのテープだ？」

「アバ（スウェーデンのポップロックグループ）の大ヒット曲だ」

彼はぼくを睨みつけた。（いまや少しの疑いもなく、はっきりわかった。ぼくは彼の好みのタイプではなかった）それからデスクのほうに近づくと、テープを取り上げようとして前屈みになった。

「あんたもアバのファンなのかい、エーリヒ」

「黙れ」

テープを摑むために彼は一瞬、目をそらさねばならなかった。その一瞬がぼくの手に入る唯一のチャンスだとわかった。可能なかぎりの猛烈なラグビーのタックルで彼に飛びつき、二人いっしょに勢いよく倒れた。ぼくは倒れながらなんとか拳銃をはね飛ばそうとしたが、うまくいかなかった。ところが、エーリヒがどすんと床にぶつかり、うっと息を吐きだしながら呻《うめ》いたとたん、背後のどこかでカチンと音がした。ぐるっと体を回転させると、一メートルほど離れたデスクの下に拳銃が転がっている。ぼくが飾り棚にすがって思わずひと息つくと、上にのっている卓上スタンドがぐらぐら揺れた。そのとき、エーリヒが拳銃に視線を据えたまま、膝をついて立ち上がりかけているのが見えた。すかさず回転蹴りをくらわせると、彼の頭の横に命中した。彼は耳を押さえながらベッド下の脇板にぶつかって倒れた。すぐにぼくは立ち上がり、スタンドの重い真鍮《しんちゅう》の台を摑んだ。エーリヒは膝をついて立ち上がろうとしながら、ぼくがそれを振り上げるのを目にしたものの、阻止する間も、よける間もなかった。スタンドを思いきり打ちつけた。台の縁が彼の左目の上のあたりを一撃し、真鍮が骨にぶつかるぐしゃっというすごい音がした。

ふっと気づいたときには、エーリヒ・タウンリーは床にくずれて動かなくなっていた。額の三角の傷から血が流れだしている。ぼくはスタンドを飾り棚の上にそっと戻した。両手がぶるぶる震え、膝ががくがくしている。すばやく明確な判断をくだそうとした。彼を殺してしまったんだろうか？　彼の耳の下に指を二本押しつけて脈をみた。だいじょうぶ。心臓はまだ動いている。意識はないが、死んではいない。ありがたい。逃走中の殺人容疑者としてぼくはベルリンを去りたくなかった。だがともかく、急いでここから逃げねばならない。橋本を射殺した犯人はエーリヒよりはるかに凶悪な男だ。ぼくが〝うむ〟とか〝ああ〟とか言いながらここに立っているあいだにも、その男は〈アドロン〉へ向かっているかもしれない。

衣装戸棚に突進し、バッグをつかんで、買い求めた着替え用の衣類を投げこんだ。それからバスルームで歯ブラシやひげ剃り道具をほうりこみ、デスクの上のものを（大切なパスポートや現金といっしょにテープも）ポケットに詰めこんで、ドアに向かった。

途中ではっと足をとめた。ぼくには敵にたいして優位に立てるものが必要だった。手に入るものならどんなものでもいい。エーリヒはこっちが利用できるどんなものを持っているだろう？　彼のうえに屈みこんでコートのポケットを調べた。彼の自由に使える鍵が数本と、それに札入れ。このさい、彼にはこれなしで生きていってもらうしかないなとぼくは考え、バッグに札入れをほうりこんでファスナーを締めると、ふたたびドアに向かった。今回は足をとめなかった。

入ったときと同じようにホテルの裏口から出て、二ブロックも行かないうちにタクシーをひろった。そのときには、ほぼ間違いなく、あとをつけられてはいないと確信した。（その点に関するぼくの確信がどれほどあてになるかを、自分に問いかけるつもりはなかった）ありがたいことに、テーゲル空港へ向かう道筋はヨーロッパセンターの近くは通らなかった。おそらく警察は、観光客にたいするテロ行為だと考えられる事件の捜査のために、もうタウエンツィーン通りを遮断しているだろう。タクシーがティアガルテンを走り抜けたとき、ぼくは本気で、警察本署へまわり、起こったすべてのことを話すべきだろうかと悩んだ。だがそんなことをすれば、質問攻めにあったあげく、ベルリンに長く引きとめられることになるだろう。ぼくが真実を話していると彼らを納得させることができるかどうかも疑問だった。たしかに、タウンリー親子と射撃事件を結びつけるものは何もない。エーリヒを襲ったかどで、こっちが告発されることになるのがおちだ。やめよう、このまま去るべきだ。

しかし、エーリヒと闘ったことが、ぼくの心のなかの何かを変えていた。それ以前のぼくは、恐怖と自己保存の本能で凝り固まっていた。だがいまや、怒りをおぼえはじめていた。橋本はぼくの友達だった。彼自身がそう言った。知り合ってから間がないにもかかわらず、彼はかつてのループよりもいい友達だったと言えるだろう。ぼくは当然、彼のために復讐すべきだった。そして、彼を殺したやつらは当然、罰せられるべきだった。

とはいえ、ぼくはそれをやるにふさわしい男だっただろうか？　自分でもその質問にたいして、迷わずにはっきりイエスとは答えられなかったにちがいない。ただ、誰もがそうした羽目におちいる場合があるように、そのときのぼくには、自分からその役割を買って出る以外、ほとんど選択肢がなかったのだ。橋本の命を奪った名前もわからぬ狙撃手は、ぼくを追いかけてくるだろう。それは間違いなかった。ぼくは彼にとってやり終えてない任務なのだ。ここから真っ直ぐイギリスへ帰って、平常どおりの生活に戻ることもできるだろうが、タウンリー家の連中がぼくをそのままにしておくはずがない。遅かれ早かれ、彼らはぼくを見つけだす。

ポケットを探ってテープをつかみだし、じっとそれを見おろした。ループは本当に裏切ったのだろうか？　それとも、彼のメッセージは捏造《ねつぞう》されたものだったのか？　〝わたしは手紙を持っている。わたしはベルリンにいる。われわれは会わねばならない〟短い単純な文章から成り立っているメッセージは、ぼくが電話に出られないことがはっきりしているときを狙って残されていた。以前に録音された会話の部分をつなぎ合わせて作られたテープかもしれない。ありうることだ。たぶん、適当な人間の手にかかれば簡単なことだ。専門家に訊ねたらはっきりするだろう。けれども、そんな人に出会えそうもない。ぼくとしては推測するしかなかった。その推測が正しいことが証明されるまで待つしかなかった。

テープが偽物だったとすれば、それはループがベルリンでやっていたことの手がかりになる。〝わたしは手紙を持っている〟〝われわれは会わねばならない〟彼はぼくに話していたのではなかった。タウンリー家の人たちに話していたのだ。彼らはループの脅迫電話を作り変えた。〝わたしを信じるんだ〟は〝わたしは本気だと信じたほうがいい〟という意味だ。タウンリー家の人たちは信じた。彼の脅迫を無効にするために彼らがどんな手を打ったのかわからない。しかし、それはかならずしも充分ではなかった。手紙はまだ彼らの手に入っていない。エーリヒの行動がそれを裏づけている。彼らは手紙を持っていないし、手紙に記された秘密を彼らが隠蔽《いんぺい》するのを妨害しようとする者は、誰であろうと殺す気だ。

しかし、そこまでしなければならないとは、どんな秘密なのか？　それほどの秘密がありうるだろうか？　橋本なら教えることができた。ぼくがもっと強くせがんでいたら、彼は話してくれたかもしれない。〝あなたは知らないほうがいい〟と彼は言った。〝そのほうが安全なんだ〟だが、ぼくはあまり安全だとは感じていない。どんなものであれ、タウンリー一族の実体をあばく方法を見つけださないかぎり、安全にはなれない。橋本は言った。〝秘密を知れば誰でも、それを洩らす恐れがあるんだ〟たしかにそのとおりだ。もしぼくがそれを見つけだしたら、誰だろうと聞いてくれる人に話すつもりだ。

だが、どうやって見つけだすのだ？　ひとつだけ方法があった。タクシーがティアガルテンから西に向かって走っているあいだに、その方法がゆっくりと頭のなかで具体的な形になっていった。ぼくはバッグのファスナーをあけて、エーリヒの札入れを取りだした。さあ、何が手に入ったんだろう？　ぼくには役に立たないクレジットカードが何枚か。それらは魅力的なものだったけれど――エーリヒの利用限度額はぼくの十倍ぐらいも高額にちがいない――クレジットカードを使えば手がかりが残るから、使うわけにはいかなかった。ぼくに必要なのは現金だ。幸い、エーリヒは紙幣の愛好家のようだった。約三千ドイツマルクを持っていた。それにプラス、数百ドルの米国紙幣。「ありがとうございます」自分の札入れに移しながら、そうつぶやいた。それはぼくを遠くまで連れていくのに充分だった。ぼくは遠くまで行かねばならなかったから。ほかには何が入っているだろう？　ひとつかみの、さまざまなクラブのメンバーカード以外、たいしたものはなかった。

だが待てよ。そのうちの一枚には単なる仕事用の名刺以上の価値があった。ゴードン・A・レジスター、カリブテクス石油。テキサスのヒューストンにある会社の住所が書き添えてある。彼はエーリヒの義弟——バーバラ・タウンリーが結婚したとジャーヴィスが言っていた石油会社の重役——にちがいなかった。いつこちらから連絡をとりたくなるかわからない。そのカードもぼくの札入れのなかに納まった。残りのものは空港のごみ箱行きだ。これでぼくが望むだけのエーリヒの持ち物を手に入れた。

橋本が金に鷹揚だったことに加え、エーリヒがサラサラの紙幣が好きだったおかげで、ルフトハンザのデスクでチケット代を現金で支払うことができた。もちろん、エコノミークラス。わずか二日まえには、ビジネスクラスでシャンパンを飲んでいた。けれどもシャンパンは——無料だろうと、そうじゃなかろうと——今のぼくにはもっとも望ましくないものだった。

いちばん望ましいのはスピード。しかし、それは簡単にはいかなかった。ぼくが目指す場所へはフランクフルトで飛行機を乗り換え、到着するのは翌日の午後ということになる。出発するまえに警察がぼくを捜しにくるだろうか？　それはないと考えた。彼らはおそらく、橋本がどこのホテルに滞在していたのか、まだ追跡中だろう。そうは思っても、接続フライトを待たねばならない状況に苛立ちをおぼえずにはいられなかった。

テーゲル空港の出発ラウンジにすわり、ひとりでに脳裏を駆けめぐるさまざまな思考にストップをかけようとしたとき、自分以外にも考えねばならない人たちがいることに気づいた。どうしても電話をかけねばならない人が二人いる。

最初はぼくの父。ベルリンの公衆電話の番号に折り返し電話してくれというぼくのだしぬけの頼みにも、彼は奇妙なほど驚いた様子はなかった。

「きのう、ミス・ベイトマンと話した」ふたたび話しはじめたとき、彼はそう説明した。（一瞬、誰のことかと考えねばならなかった）「おまえはドイツへ行ったと、彼女が教えてくれたよ。これはいったいどういうことなんだ、おまえ？」

「込み入りすぎてて、簡単には説明できないんだよ、父さん。電話料金がかさんではまずいだろう？」

「そりゃそうだ」（それがおやじには効き目があるとわかっていた）

「どうしてエコーに連絡をとったんだい？」

「ミス・ベイトマンのことかね?」(気むずかしい年寄りは、あくまで形式にこだわる気だった)「ドン・フォレスターと話してほしいとおまえに頼まれたから、その結果を知らせるためだよ」

「で、結果はどうだった?」

「それが……」

「さっさと話せよ、父さん。いいかい、料金を払うのはそっちだよ」

「わかった。ドンは最初はそのことを話したがらなかった。彼にあれこれ喋らせるのは大変だった」

「でも、うまくやったんだね」

「ああ、そうだ」

「感謝するよ。それで……?」

「うむ、警察は明らかに、ピーター・ドルトンは、ウィルダネス農場の彼の家に滞在していた友人に殺害された可能性があると考えた。発砲事件よりまえにその友人が出ていったのなら、彼ははっきり容疑者からはずされるが、実際にいつ立ち去ったのか断定できなかった。彼はついに見つからなかったからだ。それに、病理学者が自殺説を強く支持したから――」

「その友人はスティーヴン・タウンリーという名前だった?」

「タウンリー?　そうだったかもしれん。ドンは名前は憶えていなかった。彼が憶えていたのは、ハワード・オールダーが死体を見つけたあとで——彼はかなり動転していたにちがいないと誰もが考えたんだが——その友人がドルトンを殺害したと非難したことだった。近所の人もその男が滞在していたことは認めたが、警察には彼についてそれ以外のことはわからなかったようだ。おまけに、ハワードはその男の写真をドンに見せた。それを撮ったのは——」

「アシュコット・アンド・ミアーの鉄道の駅」

「どうして知ってるんだ？」

「写真を見たんだ。ループの家の台所の壁にかかっているのを。でも、そんなことはどうでもいい。タウンリーを追跡するためにドンはどんな努力をしたんだね？」

「何も。公式には、それは殺人事件の捜査ではなかったし、ハワードはあまり信頼できる証人ではなかったからね。とはいえ——」

「なんだい？」

「奇妙なことに、彼は殺人の動機について話したんだ」

「ほんと？　なんだね、それは？」

「ハワードはその夏、ウィルダネス農場のあたりをうろつきまわっていたらしい。発砲事件の数日まえ、彼は中庭で台所の窓から覗き見をしていて、五ポンド札が詰まった大きな袋が台所のテーブルにのっているのを見た。彼がそう主張したんだよ。だが、警察が農場を捜索したときには、現金が詰まった袋はなかった。あれは犯罪によって手に入れた金で、あの男が……おまえの言うタウンリーって男が……ドルトンを殺害したあとで、それを盗んだのだとハワードは言った」

「ドンはそれを聞いてどうしたんだね？」

「彼はハワードがそんな話をでっちあげたと考えたんだ。あれは大列車強盗の直後だったからな。新聞には、盗んだ金の隠し場所について憶測記事がやたらと載っていた。ドンの推理によると、ハワードはそうした記事から大きな袋を思いついて、ドルトンに汚名をきせるためにそれを利用したというのだ」

「どうして彼がそんなことをするんだ？」

「ああ、じつはな、ハワードがウィルダネス農場をうろついていた理由もそれなんだよ。ある意味では、この話全体のなかでも、それがもっとも驚くべき部分なんだがね」おやじは誰かに盗み聞きされるのを恐れるかのように、声をひそめた。「ピーター・ドルトンはミルドレッド・オールダーを好いていたようだ。とにかく、ハワードはそう信じていた。だが彼はドルトンを姉の求婚者として認めなかった」（認めない！　彼にそんなことができるとは、想像もつかなかった）「だから彼はドルトンをこっそり見張っていて、ドルトンに汚名をきせようとしたんだ」

「ドンはミルに訊ねたの、その……関係について？」

「訊ねようとしたらしい。だがジョージが、それはハワードの空想にすぎないと彼に言ったから、ドンはそこでうち切ったんだ。しかしドンの話では、彼がペンフリスを訪ねたとき、明らかにミルドレッドは何かで動揺していたそうだ。ひどく動揺してたらしい。もちろん、ドルトンが本当に彼女に言い寄っていたのなら、自殺説は信憑性《しんぴょうせい》が低くなる」

「そして、殺人説の信憑性が高まる」

「たしかに。とはいえ、すべては遠い昔のことだ。だからこそドンもそのことを話してくれる気になったんだ。むろん、彼はジンクスなんて信じていない。単なる偶然の符合だと考えている」

「ジョージ・オールダーが溺死したのも偶然だと?」

「彼にも確信はない。自殺の可能性もあると思っているようだ。オールダー家の人々がそのあとで、セッジムア・ドレーンという、ブルー川より事故で溺れる可能性の高い場所で、ジョージが溺れたと言いふらした理由を、それが説明しているかもしれんな」

「どうしてジョージは自殺したいと思ったんだろう?」

「そんなことは考えられんだろう? 子どもがもうすぐ生まれるというときに。ドンはわけがわからなかった。今でもそうだ、そのことに関しては」

「そうだろうね」(ぼくもそうだった)

「おまえに話せるのはこれで全部だ。言うまでもないが、ピーター・ドルトンのことを訊こうと思えば、おまえが自分でミルドレッドに訊けばいい。わしには頼むな」

「頼まないよ。たぶん、帰ってから自分で訊く」

「それはいつごろになりそうだ？」

「わからない」

「オールダー家の人たちには、母さんから何か伝えてほしいかね？」

「いや。父さんも母さんも彼らに接触しないでほしい。とにかく……やめにしてくれ」

「やめにする？」

「いっさいを。何もしないこと。何も言わないこと。それがいちばんだ、いいね」

「わしも楽しみになってきたところなんだがな」

「それなら、順調なあいだにやめてくれ。ぼくもできたらそうしたいよ」

「どういうことなんだね？」

「なんでもない。もう行かなきゃならないんだ。心配しないでくれ、わかったね？　また連絡する」

「ああ、しかし――」

「じゃあね」ここで電話を切るのは愉快ではなかったが、ぼくが実際に巻きこまれる羽目になった件から父を切り離すことが、彼を護る最善の方法だった。

同じことがエコーにもあてはまった。彼女は自宅にいて、郵便配達で長い朝を過ごしたあと、ゆっくり休息をとっているところだった。彼女はぼくから連絡があったのを喜んでいるばかりでなく、ほっとしているようだった。

「何かあったのかい、エコー？」

「あのいやなカールがゆうべここへやってきて、あなたはどこにいるのか、何を企んでいるのかって訊いたの」

「なんて言ったんだ？」

「行き先も理由も言わずに出ていったって」

「あくまでそう言い張ればいい」

「でも、それでは彼を簡単には追い払えなかったわ」

「だが結局はうまくいったんだろう？」

「まあ、なんとか」

「よかった。ところで、金曜日の夜に、きみが引っ越すことについて話したのは憶えてるだろう？」

「ええ」

「きみはそうすべきだと思う。できるだけ早く」

「どうして？　何があったの？」

「きみは知らないほうがいい」

「人にそう言われるのって、すごくいや」

「ぼくもそうだよ。けど、本当にそのほうがいい。ほかのどこかに下宿を見つけるんだ、エコー。ループのことは忘れろ。ぼくのことも」

「そんなことできないわ」

「やるんだ」

「あなた、空港にいるの、ランス？」

「ああ。どうしてわかるんだ？」

「フライト・アナウンスが聞こえるわ」

「たしかに」

「ベルリンを発つの？」

「ああ、そうだ」

「でも、帰国するんじゃないのね？」

「うむ」

「どこへ行くの？」

「その質問はパスしなきゃならんな」

「やめる気はないのね？」

「ああ」

「やめるべきだと思わない？」

「思わない」

「どうしてなの？」

ぼくは束の間、それについて考えねばならなかった。答えが浮かんだとき、それはエコーにたいする説明でも、自分にたいする慰めでもなかった。しかし、それが事実だった。「やめる潮時はあったが、それはもう過ぎてしまったんだよ」

東京

10

ちょうど太陽が沈むときに、日出づる国に到着した。ぼくの自信もかならずしも日の出の勢いではなかった。ロシア越えの夜のあいだ、同乗客のほとんどは眠っていたのに、ぼくは翌日の夜明けには脳みそがぼろぼろになるほど、自分が陥った苦境について必死で考えながら虚しい時間を過ごした。だがそのあとついに、夢も見ずにぐっすり眠ってしまった――着陸まえの四十分間をまるまる。

すくなくともぼくのように身軽に旅をするメリットは、成田空港の手荷物受取所へまわらずにすむことだった。まっすぐ両替所へ向かい、ドイツマルクを円に替えてから、案内所を見つけた。日本人の伝説的な慇懃《いんぎん》さも、ぼくが東京の街路地図を手に訪ねていけるだけの説明を与えてくれたにすぎなかった。〈ゴールデン・リクショー〉のバーとユリビア・シッピングの極東オフィスの所在地に、きちんと赤い×印がつけられたその地図といっしょに、それぞれの住所を日本語で記したメモを渡された。（東京の電話帳にはゴールデン・リクショーが三つ載っているとわかったが、ひとつはずっと遠い郊外にあり、以前、アメリカ兵たちがしじゅう行った店だとは考えられなかったし、もうひとつはどう考えても、実際に貸し人力車の会社だった（リクショーは人力車という意味））

成田エクスプレスが東京の街へと疾走するあいだに、ぼくは地図を調べた。〈ゴールデン・リクショー〉は東京駅からすこし東へいった脇道にあった。そこまではぼくにつきがあった。（飛行機で隣にすわった物知りぶった男は、東京で住所を捜すのは、銀河で干し草の山を捜すようなものだと、自信たっぷりに告げた）しかしながら、ユリビアのオフィスはかなり離れた南西のほうにあったから、ループが近くのバーをためしているうちに、偶然〈ゴールデン・リクショー〉へ足を踏み入れたとは考えられなかった。そこは街の中心の騒がしい場所だったから、彼がそこの角を曲がったところに住んでいたとも考えられない。そう、彼はその店を捜しだしたのだ。彼にはずっと自分の捜しているものがわかっていたのだ。だが、それはなんだったのか……

電車からおりたときには、東京のラッシュアワーは最高潮に達していた。それはありふれた大都会の混雑で、明かりがきらめき、個々の人間は集団に埋没して、ぼくにはまったく対応できない東洋の高く張り上げた音声が渦を巻いていた。こうもり傘を振りまわす通勤者の群れを必死でかきわけて駅から出たときには、地図がびしょ濡れになるほど雨もはげしく降っていた。ぼくはすぐさま間違った方角に足を踏みだしてしまい、そのあと折り返さねばならなくなって、たちまちブロックをいくつ進んだことになるのか数がわからなくなった。結局、デパートの案内係にきちんと説明してもらって、捜していた脇道を見つけることができた。その通りには数軒のバーがあって、いずれも繁盛していたが、〈ゴールデン・リクショー〉はすぐには見つからなかったから、比較的はいりやすそうな店の一軒で運をためすことにした。サングラスをかけているバーテンダーに会ったのは初めてだったが、真っ黒なレンズは、〈ゴールデン・リクショー〉の住所を書きとめてある紙切れを見る妨げにはならないようで、彼はそれに目を走らせながら、ぼくのためにビールの栓をあけた。

「反対側をあっちへ歩いていって七軒目です」彼はそう告げた。「でも、閉まってますよ」

「閉まってる？」

「もう六週間になりますね、たしか」

「ハシモトさんの店でしょう？」

「ええ。彼女たちがやってます。長年、家族でね。今は閉まってて、誰もいませんよ」

「どこへ行ったんですか？」

「さあねえ、聞いてませんよ」彼は鼻に皺を寄せて、サングラスのブリッジをずり上げた。

「ふいにいなくなった」

「母親と娘が？」

「ええ。そうです。消えちまった。煙のように」

煙のように消えてしまった。すると、彼女たちもいなくなったのだ。〈ゴールデン・リクショー〉にはまだドアの上に金色のエンブレムがかかっていたが、バーに明かりはついていなかったし、竹製のブラインドがおろされていた。通りすぎる車のヘッドライトや近くの街灯の明かりのおかげで、ブラインドの縁から内部の様子を見ることができた。雑然と積み上げられたテーブルや椅子やスツールの向こうには、何ものってないカウンター。大量の未開封の郵便物。彼女たちは消えてしまった。そのことに疑問の余地はなかった。では、壁に飾ってあった、以前の常連たちの例の写真は？　それも消えていた。写真がかけてあった釘が見えた。だが、写真はもうかかっていない。小鳥たちが——抜け落ちた一本の羽毛すら残さずに——ずっと以前に飛び去ってしまった鳥かごを見つけるために、ぼくは世界の三分の一をまわって、はるばるやってきたのだった。

とぼとぼ駅へ引き返しながら、これはかならずしも意外なことではなかったと認めざるをえなかった。自分たちが危険にさらされていることを二人は知っていた。ループがタウンリーの手紙を盗んで逃げて以来、彼女たちにはわかっていた。ぼくも今ではわかっている。ぼくが彼女たちを見つけだせるなら、ほかの者たちだって見つけだせるのだ。こうした状況のなかで、〈ゴールデン・リクショー〉で通常どおりの営業を続けるのは自殺行為に近かっただろう。

だが、ぼくはここからどこへ行けばいいんだろう？　それが問題だった。さあ、次にはどこを目指すべきか？　もちろん、ひとつだけ答えがあった。紙切れに記された二番目の住所だ。

駅の反対側の出口へまわり、雨のなかで十分間列にならんだあと、ぼくはタクシーに乗りこみ、運転手がわかったと頷くまで彼の鼻の下にユリビアの住所をかざしてから、ようやく座席にゆったり腰を落ち着けた。ところが自分でも驚いたことに、すぐに眠りこんでしまった。

運転手がぼくを揺り起こしたとき、メーターから光っている料金が目に飛びこんできて、とたんにぼくは翌日の朝だと思った。だがちがっていた。それはわずか二十分後で、車は切り立った超高層ビルの足元にいた。運転手が何か言ったが、それは「着きましたよ」ということらしく、彼は明るく照明された入り口に通じる石段を指さした。彼の手に円を押しこみ車から這いだした。

茶山ビルにはオフィスを必要としている数十もの会社が入居していて、ドアと遠くの受付デスクのほぼ中間地点にある大きな金色の石の表面に、会社名がずらずら並んでいた。ユリビアは九階だった。けれども、ブラシ研磨の鋼鉄製のエレベーターのドアへ行くには、夜間アルバイトの、相撲の力士かと思われるほど大きくてきびしい顔つきの警備員の横を通り、行き先を告げねばならなかった。ぼくがオフィスを訪ねるのにふさわしい人間に見えるかどうか疑わしかったし、おまけに、彼の後ろの壁にかかっている巨大な時計――その針は投げ槍と同じくらいの長さがあり、その振り子は大型タンカーのピストンと同じくらいの大きさがあった――によれば、怪しまれても仕方がないほど遅い時刻だった。ユリビアの社員が心やさしい人々であるよう願うしかなかった。

「はい。ユリビア・シッピングですね？」

力士は驚くほど温かな笑みを浮かべた。「誰にお会いになりたいのですか？」

「わからないんだが。重要な用件で……」ぼくは肩をすくめた。「えー、ユリビア・シッピングのロンドン・オフィスのミスター・チャールズ・ホアが、ぼくにここに立ち寄るようにと言ったんだ。わたしが上がっていってもいいかどうか、彼らに訊ねてくれないか？」

「あなたのお名前は？」

「ブラッドリー。ランス・ブラッドリー」

「もしも訊かれたら……どんな用件と言いますか？」

「それは……」はっとある考えがひらめいた。「ポンパーリーズ・トレイディング・カンパニーのことだと言ってくれ」

「ポンプリーズ？」

「ポンパーリーズ。オーケー」

彼は受話器を取り上げてボタンを押し、誰かと日本語で短い会話を交わした。ぼくの名前が聞きとれた。それにチャーリー・ホアの名前と、苦労しながらはっきりと発音されるポンパーリーズ。ぼくの名前がくり返された——二度。そのあと彼はしばらく待ったが、受話器をがっしりした顎の下で支えながら、これが大きいゲームででもあるかのように——本当にそうかもしれないと思った——ぼくににやりとした。一分かそこらで会話が再開されたが、長くはかからなかった。

「オーケー」彼は受話器を置いた。「上がってもらっていいそうです」彼は野球のミットほどもある手をエレベーターのほうへ振った。「九階です」


エレベーターから出ると、一人の男が待っていた。地味なネクタイに黒っぽいスーツ姿の、たるみかけている、ずんぐりした体格の中年の男で、白髪になりかかった髪はきちんと後ろになでつけてある。ブルドッグを思わせる、大きくて悲しげな平べったい鼻。額にはくっきりと斜めに長い皺が刻まれていて、それは傷痕かもしれなかった。「ミスター・ブラッドリーですね？」自分からそう問いかけると、彼は軽く会釈した。

「はい。ありがとうございます——」

「わたしはトシシゲ・ヤマザワです」ぼくたちは握手した。「はじめまして。どうかよろしく」

「こちらこそ、ミスター・ヤマザワ」廊下のほうへ目を走らせると、突き当たりの両開きドアの上にユリビア・シッピングと社名が表示されている。ぼくは実際にはまだオフィスに足を踏み入れていないように見えたが、山沢は急いでその状態を変えようとする様子はなかった。「われわれは、えー……」

「何か身元を確認できるようなものを見せていただけるでしょうか？」

「パスポートでいいですか？」

「もちろん」

ぼくが渡すと、彼はぼくの写真をじっと眺めてから返してよこした。

「ループはあなたのことを話してましたよ」

「彼がですか？」(それは意外だったと認めねばならない)「それではあなたは、そのう、彼といっしょに働いていらしたのですね？」

「はい。そして今はミスター」彼はユリビアのドアのほうへ顎をしゃくった。「ペンバシーといっしょに働いてます」

「そうですか」

「ミスター・ペンバシーは愛想のいい人ではありません。あなたを追い払ってほしいとわたしに言いました」

「あなたはどうやって彼を説得したんですか？」

「そんな必要はありません。ほうっておけば、彼はひとりでに納得するんです。どうせ彼は、すぐにこの件をこちらに任せてしまうでしょうから、そうなれば……」山沢はぼくにウインクしたが、ほとんど表情は変わらなかったので、ぼくはとっさに、それはある種の筋肉の痙攣《けいれん》だと考えた。だが、ちがった。彼は何事かをぼくに告げようとしていた。「われわれはそのあとで二人きりで話ができます」（ああ、そういうことか、彼はそれを告げようとしたのだ）

「ミスター・ペンバシーはループの後任ですか？」

「ええ、後任です。だが、かならずしも交替したわけではありません」（彼の率直さをぼくの役に立つように利用できるかどうか判断できなかった。いずれにしても、それはこつこつ働くサラリーマンにはおよそ期待できないことで、ぼくの見るところ、彼はそういうタイプだった）「彼にあなたを引き合わせましょう」

山沢は先に立ってドアに向かい、なかへ入るために数字板でコードナンバーを押した。ドアの内側には、短い廊下の先に殺風景な灰色の家具調度で統一された大きなオフィスがあった。七時をまわっていたにもかかわらず、部屋の真ん中を占めている多数のデスクの約半分はまだふさがっていて、さまざまなユリピアの社員が電話をかけたり、コンピューターのスクリーンを眺めたりしていた。彼らの誰一人、ぼくにはまったく注意を払わなかった。

ほかの部署からは仕切られた三個の大きなデスクのほうへわれわれは進んでいったが、そのひとつには、痩せた、青いスーツ姿のヨーロッパ人がすわっていた。彼は椅子の背にもたれて電話で話をしていたが、眉をひそめたしかめっ面が、それが彼にとって愉快な会話ではないことを示唆していた。後退しつつある金髪、目のまわりの黒っぽいくま、不健康な黄ばんだ肌色。ざっと見たところでは、彼の近親者なら彼のことを心配しても当然だと思われた。

「ペンバシーさん、こちらが訪ねてこられた方です」近づきながら山沢が告げた。「ミスター・ブラッドリー」

ペンバシーは受話器をがちゃりと置くと、ぼくにというより受話器に顔をしかめた。「しようがないな、チャーリー・ホアのやつ」彼は言った。「まだきてないんだ。信じられるか？」

「ロンドンではまだ十時十五分ですよ」と山沢は応じた。（ぼくにはわざと挑発的な言い方をしているように聞こえた）

ペンバシーは彼をにらみつけてから、ぼくに注意を向けた。「ミスター・ブラッドリーですね？」

「はい。わたしは――」

「あなたが訪ねてこられることについて、チャーリー・ホアから何も聞いていません。それに、訪ねてこられるにはずいぶん妙な時間ですね」

「ミスター・ブラッドリーはポンパーリーズ・トレイディング・カンパニーについての情報を、チャーリー・ホアに教えました」山沢が横から口をはさんだ。

「社名の出所についてだけです」驚きを隠すためにぼくはにやにやしながら説明した。そんなことを彼はどうして知っているのだ？

「ご親切なことですな」ペンバシーは吐き捨てるように言った。「くそっ！　このいまいましいポンパーリーズの事業目的を聞こうものなら、夢でも見てるのかと思うね」

「それは非常に込み入ったことなのです」山沢が割りこんだ。

「わたしにそれがわからないというのか？」この犯罪とは無縁だと思われてる街で、わたしが住居侵入者の標的にされるほど込み入ってるってわけだ」

「住居に侵入されたのですか？」ぼくは訊ねた。

「ああ、そうですよ。しかも一度だけじゃない。しかし――」彼は言葉を切って、怪しむようにぼくを見た。「あのおっかないホアから指示されたわけでもないのに、あなたとユリビアの仕事について話し合うべきなんですかね、ミスター・ブラッドリー」

「わたしはループ・オールダーの古くからの友達です。彼の家族のために彼に何があったのか見つけようとしてるんです」

「わたしに関するかぎり、何もお役には立てませんね」

「わたしができるだけブラッドリーさんの手助けをしようと思います」山沢が言った。

「どうしてだね？」ペンバシーが訊いた。

「どうしていけないんです？」

「チャーリーはそれを望まないかもしれんからだ」

「その場合には、それはあなたではなく、わたしの問題になるでしょう、ペンバシーさん」

「間違いなくそうなるさ。わたしがかならずそう計らう」

「けっこうですとも」山沢はにっこりした。「ご懸念《けねん》にはおよびません」（ペンバシーはぼくにおとらず戸惑っているように見えた。山沢は何を企んでいるのだろう？）「ブラッドリーさんとわたしは〈ねずみ〉で話をしたほうがいいでしょう。非公式で」

「これが大きくふくらんでいくようなら、公式に記録されることになるぞ。あなたの成績簿に」

「しかし、それで重要なことがわかれば……」

「あなたはチャーリー・ホアに気に入られて点を稼げる。けっこうだな。やればいい。わたしはかまわん。好きなようにすればいい。わたしの意見を言わせてもらえば、わずかな点を稼ぐためにリスクを冒す値打ちはない。そうは言っても」彼はデスクの向こうへ大きく片手を振った。「このあたりでわたしの意見が尊重されたためしがあったかな？」

〈ねずみ〉は茶山ビルから二、三ブロックのところにある小さなバーだった。山沢はそこの馴染み客らしく、バーテンダーや数人の客と右手を上げて掌を打ち合わせるという、奇妙な挨拶を交わした。彼らのほとんどは彼と同じ年齢層の、会社のために身を粉にして働くサラリーマンのように見えた。彼らは断固としたペースで酒を飲み煙草を吸っていて、明らかに酔うのが目的だった。ただし、そのまえに気絶しなければの話だが。

山沢は煙草に火をつけ、ビールを二つ注文した。「乾杯」と彼は言って、三口で半分を飲み干した。「われわれはペンバシーの健康と幸福を願って乾杯してるんですよ」

「われわれが？」

「たしかに、わざとらしいですね」

「善意からではないと？」

「さあ、どうですかね」彼は汚さないようにネクタイを肩の後ろへはね上げてビールを飲み干すと、次を注文した。「しかし、わたしは義務は果たしましたから」

「あなたはペンバシーのファンクラブの会長職を望んではいない。そんな印象を受けましたがね」

「それを拒むわけにはいきません。しかし、ちがう種類の義務があります。会社にたいするものもあれば、われわれ自身のものもあります」

「友情ということですか？」

「ループはわたしの友達であり、あなたの友達ですよ、ブラッドリーさん。彼はわたしに……とても親切にしてくれました」

「へえ、そうですか？」

「彼はわたしの命を救ったと言っても過言ではありません」

「どんなふうに？」

「個人的なことです。その件はここまでにしましょう。オーケー？」

「オーケー。でもね、たまたまわたしも、彼に命を救われたと言えるんですよ」

「不思議ですね」彼は煙草の煙をすかして、ぼくをじっと見た。「ループは自分の命よりも友達の命を気づかうんだな」

「彼の命が危険にさらされていると思いますか？」

「間違いなく。しかし……もう終わっているかもしれない」

「悲観的な人ですね、あなたは？」

「性格的にそうなんです。でも、ループはそうじゃありません。彼はつねに明るい兆しを見つけます。それはいいことです……明るさで目がくらまないかぎり」

「〈ゴールデン・リクショー〉のバーについては何かご存じですか？」

「あそこへ行ったんですか？」

「知ってます。わたしの責任だと言ってもいいんですよ」

「閉まってました」

「それはどうして？」

「わたしがループをあそこへ連れていったんです。彼はしじゅう昔の東京のことを訊ねました。五〇年代、六〇年代のころの。アメリカの基地に興味がありました。ある週末、彼はわたしに運転させて、基地めぐりをしました――横須賀、座間、厚木、横田。それらすべてを。ゲートにフェンス、ジープ、ヘリコプターばかりの長い一日。ループは捜してましたよ……何かを」

「何を捜してたんですか？」

「言いませんでした。けれども、わたしが話に聞いていた……変わった噂のある銀座のバーのことに言及すると……」

「〈ゴールデン・リクショー〉ですね？」

「そうです。〈リクショー〉です」

「で、その噂とは？」

「伯父がいつもその話をしてましてね。彼は魚屋でした。かなり繁盛してたんです。アメリカ軍基地が彼のいいお得意で、彼は何人かの軍人と知り合いになり、彼らと話をするようになりました。そんなふうにして彼は〈リクショー〉のことを聞いたんです」

「どんなことを?」

「ふつうは士官たちは決まったバーやクラブを利用し、もっと低い階級の者はべつの決まったバーやクラブを利用してました。彼らがいっしょに混じり合うことはなかったんですが、〈リクショー〉は例外でした。そのせいで、そこは非常に珍しいバーでした。ほかにはなかったと思います。もちろん、そこは基地からは遠く離れてましたからね。理由もなく誰もそんなところまで行かなかったでしょう。招待されなければ」

「誰が招待状を出したんですか?」

「そんなことわかりませんよ。伯父のサトウが知らなかったのはたしかです。彼は基地だけではなく、アメリカ大使館にも魚を配達してました。そして、そこでも〈リクショー〉のことが話に出ました。というより、正確には、彼はそこで〈リクショー〉について訊かれたんです」

「訊かれた?」

「ええ。〈ゴールデン・リクショー〉は彼の顧客かと。それは重要なことらしかったと彼は言いました。その返事しだいで、彼らが今後も彼を利用するかどうかに影響がありそうだったとか。彼はいいえと答えましたが、それは本当でした。すると、それからあともずっと、彼らは魚を買ってくれたそうです。だが、そんなことを訊かれたのは妙だったと彼は言ってました、しかも、あんな特別な時期に訊かれたのは。ゲーリー・パワーズを憶えてますか？」

「偵察飛行機に乗務中、ロシア上空で撃墜されたアメリカのパイロットですね？」

「一九六〇年の五月に。そのとおりです。パワーズは厚木海軍飛行場から彼の任務のために飛び立ちました。伯父のサトウはそのニュースが伝わったわずか数日後に、〈ゴールデン・リクショー〉のことを訊かれたんです」

「どんな繋がりがあるんですか？」

「誰があると言ってますか？」

「言ってるのも同然ですよ」

「いいえ、ちがいますよ、ブラッドリーさん。伯父のサトウの古い昔話をむしかえしているだけです、誠実な甥がよくやるように」

「その伯父さんはハシモト家の人たちと知り合いだったんですか？」

「いいえ。ですが、知り合いだった人たちを知ってました。そのころは東京はもっと小さい街でしたからね。彼女たちについて悪い噂はいっさいありませんでした。ちゃんとした家族でした。今もそうですが」

「それで、あなたが〈ゴールデン・リクショー〉へループを連れていったんですね？」

「ええ。いっしょに行きました」

「どんなふうでしたか？」

山沢は肩をすくめた。「ほかの多くの店と似たようなものでした。おそらく、ほとんどの店よりは静かだったでしょうがね。マユミ・ハシモトがママでしたが、順調にやってましたよ。娘が手伝っていてね。アメリカ人はいませんでした。そんな時期はもう過ぎてました」

「でも、そこにはそのころの写真が飾ってあったんでしょう?」

山沢は驚いた様子だった。「どうしてそのことをご存じなんですか、ブラッドリーさん?」

「キヨフミ・ハシモトに会ったんです、マユミの弟の」

「ああ。彼もループを捜してますね」山沢は頷いた。「なるほど」(気の毒なキヨはもう捜してはいないことを、そのとき彼に告げるべきかどうか考えたが、ある種の本能がぼくに思いとどまらせた)「ループが東京を去ったあとまもなく、彼はわたしに会いにきました」

「ループを泥棒だと非難してましたか?」

「ええ。それにハシモトの姪のハルコを騙したと。それはわたしにとって仰天することでした」

「二人が婚約していたことは知らなかったんですか?」

「ええ。まったく。一度わたしがそこへ連れていったあと、ループが〈ゴールデン・リクショー〉へ通いつづけていたことも知りませんでした。彼はそのことについては何も言わなかった。会社を辞めることも秘密にしてました。ロンドンからファックスで彼の替わりを補充するという知らせが届いたときに、はじめて彼が辞めることを知ったんです」

「友人らしからぬ振る舞いでしたね」

「彼は謝りました。彼が言うには……理由があったんだと……それほど秘密にしなければならない理由が」

「でも彼は、その理由がどんなものかは言わなかったんですね？」

山沢はかすかに笑みを浮かべた。「ええ」

「もう一杯、ビールを飲みませんか？」ふいに空っぽになっている二人のグラスに目をやって、ぼくは問いかけた。

「いいですね」山沢はぴくっと眉を動かしただけで、すぐにそれに同意した。「サッポロビールは気に入りましたか？」

「最高ですよ」

「たしかに。だが、ループはちがった」

「ちがった？」

「彼はいつも飲みすぎないよう注意してました。それは単なる……自制心からだと思ってましたが。今では、彼はそんな危険は冒せなかったのだと考えてます。わかるでしょう？　酔っぱらってしまって……何かを洩らしてはいけないとの用心ですよ」

「そうした秘密の一部を？」

「一部、またはすべてを。わかりませんが」

「彼はマユミ・ハシモトの手紙を盗んだんです」

「彼女の弟がそう言ってました」

「わたしはその手紙を見つけねばなりません」

「しかし、捜してるのはあなただけではないようですよ。ハシモトは彼の姉と姪がそのために危険にさらされていると言ってました。それが彼女たちが逃げた理由です。隠れるために。しかもそれ以後……侵入事件が起こったんです」

「ペンバシーが文句を言っていた住居侵入のことですか?」

「以前、ループが暮らしていた住居に彼は住んでいます。ユリビアがそこを借りてるんです。そこへ二度、侵入されました。何も盗まれなかったんですが、何もかも引っかきまわされてました。隅々までくまなく。言うまでもありませんが、ループはそこに何も残してはいません」

「彼は持ち物をすべて持ち去ったんですか?」

「どうってことないんですよ、ブラッドリーさん。彼がどんなふうに暮らしていたか見ましたが、スーツケース一個あれば充分だったでしょう。でもあなたは彼の友達だから、あなたには正直に話さないとね。彼はすべてを持ち去ったわけではありません」

「あなたは彼のために何か預かってるんですか?」彼の言わんとすることがわかったと思い、ぼくはそう問いかけた。

山沢はそうだと重々しく頷いた。「ブリーフケースを。彼は極秘に安全に保管してくれと頼みました。ハシモトにはそのことを話しませんでした。侵入事件が起こったり、ポンパーリーズの不正事件が発覚したりするまえでしたから。何かおかしいと思います。すごくおかしいと。ブリーフケースをあけて、何が入っているか確かめるときがきたのかもしれない。そう考えていたところです」

「わたしもあなたの考えが正しいと思います」

「ええ」彼はビールをぐいっとあおった。「われわれで今夜やりましょう」

「どこにあるんですか、それは？」

「わたしのうちです」

「遠いのですか？」

「地下鉄で一時間です」

「それはわたしには問題かもしれない」

「どうして？」

「閉所恐怖症なんです」

「東京の地下鉄に乗れば、みんな閉所恐怖症がおこりますよ」

「いえ、ちがうんです。冗談じゃなくて。本当なんです」

「それなら、あなたには悪いニュースです、ブラッドリーさん」彼はまたもや薄い唇にちらっと笑みを浮かべた。「あなたがタクシー代を払わねばなりませんよ」

「これは本当の贅沢だな」二十分後、われわれの乗ったタクシーが濡れた東京の夜の街を西に向かって走っていたとき、山沢は感激してそう言った。雨でつるつるした街路にタイヤがこすれて音を立て、フロントガラスに打ちつける雨粒が、つぎつぎに通りすぎていくネオンの灯《とも》った看板をぼやけさせている。「じつを言いますとね、ブラッドリーさん、わたしも地下鉄は好きじゃないんです」

「あなたも閉所恐怖症？」

「そういうわけじゃないんですがね。東京でガス襲撃事件があったのは聞いてますか？」

「ええ。数年前、この世の終わりの日を信奉しているある教団が、地下鉄に神経ガスを撒《ま》いたんでしょう？　あなたもそれに巻きこまれたんですか？」

「ええ」彼は微笑したが、そんな体験を思いだして笑うのは妙な気がした。「わたしは深刻な被害を受けるほどではありませんでした。サリンではってことですがね。だが、その日まではわたしは命を信じていた。ところがそのとき、どんなに簡単にそれがくずれてしまうかを目にしたんです。それ以後、わたしはあまり物事にうまく適合することができません。たぶんそれが、妻がわたしの許を去った理由です。たぶんそれが、やるべきではなかったいろんなことを、わたしがやってしまった理由です。結局、すべて運任せということになりますからね。その日、妻は休暇をとってほしいと言ったんです。あの日は三月二十日の月曜日で、火曜日は春分の日で祝日でしたから、そうすれば長い週末の休みがとれたんですよ。当時、わたしはもっと大きい船会社で働いてました。しゃにむに働く、献身的な仕事人間でした。わたしは会社へ行かねばならないと答えた。そしてそれが」――彼の微笑が大きくなった――「わたしが献身的な仕事人間であることをやめた日になった」

　山沢が地下鉄で危うく死にそうになった話を、ぼくはもっと詳しく聞きだそうとしたが、彼は巧みにはぐらかして、ループがぼくを誘いだして危険な目に遭わせ、そのあとでそこから救いだした話へと――それが、ぼくが勇敢に地下をどこまでも行くことができた最後のときだった――話題をそらせた。山沢はすでに自分自身について、賢明だと思われる以上のことを打ち明けたのだと、ぼくは感じた。それと同時に、彼は本当は話さずにいられなかったのだとも感じた。

　彼の住まいは遠い西の郊外にある、さえない中層マンションの三階だった。小さな居間と、備品が寝室と台所と浴室であることを告げている窓のない小部屋が三つ。（簡素な住まいだったが、それでもなかに入るときに、かろうじて爪先を押しこめるスリッパに靴を履き替えるよう求められた）居間の家具としては、大きな座布団《ビーン・バッグ》が二つと低いテーブル、ざっとそんなものだった。そのほかには、額に入った、月夜に倉庫の屋根に雪が積もっている図柄の、板目木版画だけが壁に飾ってあった。色彩の美しい絵で、そこの環境には似つかわしくないすばらしいものに見えた。

「わたしのもっとも自慢できる所有物です」それに引きつけられているぼくの視線に気づいて、山沢が説明した。「この画家を知ってますか? カワセ・ハスイ」

「画家にはまったくうとくてね。とくに日本の画家には」

「そうか。でもね、ハスイは天才だった。それはわかるでしょう?」

「そう思いますよ」

「わたしのもっとも自慢できる所有物であるとともに、もっともすぐれた投資だ。おそらくこのわたしの住まいより高額になるでしょう」

「売る気になったんですか?」

「何度もね。でも、まだそこまで絶望的な状態ではないから。さあ、仕事にかかろう。すわってください。ケースを持ってくるよ」

山沢が急いで寝室へ行ったあいだに、ぼくは座布団に腰をおろした。戸棚のドアが開いて閉まる音が聞こえた。すぐに彼は、ループが彼に預けたブリーフケースを持って戻ってきた。それはダイヤル錠のついた、黒革の薄いブリーフケースで、管理職がサンドイッチを入れて持ってくるような、ありふれたものだった。「盗まれた手紙がこのなかにあるとは思えないが」山沢はそう言いながらテーブルの上にそれを寝かせて、ぼくの向かい側で膝をついた。

「そうだな。それは彼が肌身離さず持ってるだろう」

「だが、重要なものにはちがいない。彼らが捜しにきたら、見つけられたくなかったものだ」

「彼らが捜しにきたときに、ですよ。かならず捜しにくることがループにはわかってたんだ」

「これをこじあけるのは簡単ではなさそうだね」

「こじあける必要はないかもしれない」

「組み合わせ数字を知ってるんですか？」

「いや。しかし、わたしにはループがわかってます。げんに彼はポンパーリーズという名前を選んでる。組み合わせ数字でも同じでしょう。四桁の数字ねえ……何か秘密の意味のある数字」ぼくは一九六三を試した。だが成功しなかった。「明白すぎるようだな。ウィルダネス農場との繋がりはどうだろう？　ピーター・ドルトンは八月十九日に死んでいる」だが、一九〇八もうまくいかなかった。それに〇八六三も。

「彼の誕生日かもしれない」

ぼくは試してみた。「ちがうな」

「彼の父親の誕生日は？」

開いた。

「いつなのか知らない。でも、ちょっと待って」(ふいにある考えが頭に浮かんだ)「彼の父親の亡くなった日は知ってる。十一月十七日」すると、一七二一がうまくいった。ケースが開いた。

あらわれたのはひと束の書類と写真の入った札入れ。

「何が入ってる?」山沢がそう問いかけて、ケースのふたごしに首を伸ばした。

「さあね。こっちの写真を見てもらえるかな」ぼくは札入れを彼に渡してから、書類を取りだして繰っていった。それはすべて写真コピーだった。多くのものはおやじがぼくのために見つけだしたのと同じ《セントラル・サマセット・ガゼット》の記事で、そのほかにも、おやじが見つけだせなかったものが数枚。だがすべて同じテーマ——一九六三年の夏から秋のあいだにストリートのあたりで起こった連続死亡事件——を扱った記事だった。そのほかに、そこには全国紙からの記事もあり、それらは大列車強盗に関するもの、および、その一味と略奪品の捜索に関するもので、〝列車強盗の潜伏場所発見〟という文字が一九六三年八月の見出しに躍っていた。それ以外では、ストリート地域の大きい尺度の陸地測量図が何枚か。それらも同じ時代のものらしかった。ウィルダネス農場には黄色い蛍光マーカーで印がつけてあり、カウ・ブリッジにもつけてあった。さらに、サマセット=ドーセット路線の運転時刻を示した、イギリス国有鉄道西部地区の時刻表のコピーがあり、アシュコット・アンド・ミアー駅に停車する時刻に蛍光マーカーで印がつけてあった。ループは未来に備えて、過去を細かく調べていたのだ。しかし、それはどんな未来だったんだろう？

「それで何かわかったのかな？」山沢が問いかけてきた。

「わたしの知らなかったことは何もない」ぼくは彼を見上げた。「写真のほうはどうだった？」

「自分で見てもらおう」彼は写真をテーブルにひろげた。

それは見たところ平凡なスナップ写真で、ほとんどは魅力的な若い日本女性の写真だったが、尼僧のように謹厳な顔つきでポーズをとっているのもあれば、晴れやかに微笑んでいるのもあった。だが、どんな表情だろうと、その眼差しには信頼の強さがはっきりと見てとれたから、彼女が写真を撮っている相手に憧れに近いほどの愛情を抱いていることは間違いなかった。「ハルコ・ハシモトだね？」

「ええ、そう」山沢が答えた。「とてもチャーミングな婚約者だ」

「そして、これがマユミだな」治子がもっと年輩の女性と並んで立っている写真をぼくは指さした。彼女たちはどこかの寺院の前で写真を撮ってもらっていて、背景には行き交うほかの人たちが写っている。二人ともカジュアルな軽装だった。季節は真夏のように見える。二人の女性は明らかに親子とわかるほどよく似ていて、治子がその容姿を誰から受け継いでいるかは一目瞭然だった。

「上野公園を散歩している母と娘」山沢がそこの場所を見分けて、そう告げた。「やはりチヤーミングだ」

「ループは、彼女たちをずっと騙していただけだとわかるまえなら、そう見えるけど」

「彼は写真には入ってないな」

「そうだね」ループを捜したがむだだった。そのとき、白黒と思われる写真が目にとまった。それは明らかに同じフィルムで撮ったものではなかった。「これはなんだろう?」

それをよく眺めるために取り上げ、山沢にも見えるように二人のあいだにかざした。米国の軽装軍服を着た三人の男がバーのテーブル席にすわっている。煙が漂っていて、背景にはほかのテーブルのぼやけた人影が写っている。三人のうちの一人はカメラに背を向けていて、半分が陰になっている。彼は若くてほっそりしていて、黒っぽい髪はぎりぎりクルーカットにならない程度に刈りこんである。テーブルごしに左のほうを見ていて、顎と頬骨に光があたっていた。彼が視線を向けている男はカメラのほうを向いていたが、明らかにカメラがあることには気づいていない。彼のほうががっちりした体格で、すこし年長だ。顎やウエストにちょっと贅肉がついており、片手でビール瓶を持ち上げている彼の広い顔には微笑が刻まれている。「これは写真を撮ったものだな」山沢が言った。〈ゴールデン・リクショー〉の壁にかかっていた写真の一枚だ」彼の言うとおりだった。焼き付けられた写真には、額縁のガラスの反射としか考えられない妙な輝きの斑点《はんてん》があちこちにあった。

「そうか」ぼくは言った。「彼がとくにこの写真を選んだ理由もはっきりしてる」やはりカメラのほうを向いている、テーブルの三人目の男は、彼のにっこりしている連れより痩せていて、きびしい顔つきをしている。それに彼は、ぼくが見たもう一枚のべつの彼の写真よりすこし若く見えた。それとも、きちんとアイロンのかかった制服姿のせいでそう見えるだけかもしれない。事実はどうあれ、アシュコット・アンド・ミアー駅で列車を待っていた日と同じように、掌の陰に隠すように、煙草を人差し指と親指のあいだにはさんで持っている独特の仕草は、見間違いようがなかった。「これがスティーヴン・タウンリーだ」とぼくは告げた。

「何者なの、スティーヴン・タウンリーというのは？」

「ループが盗んだ手紙のなかに、その男のことが記されてるんだ」

「重要人物？」

「たぶん。危険な人物であるのはたしかだ」

「ほかの二人は誰？」

「まったく手がかりがないね」

「あるようだがな」

「さあ、わからない」

「ほら、この微笑」山沢はビール瓶を持ってにっこりしている男を指さした。それからべつの写真を取り上げ、ぼくの前にかざした。「同じ微笑だ」

たしかにそうだった。四十年かそこらの年月でやつれて老けてはいたけれど。髪は相変わらず短かったが、年齢相応に白くなっていた。顎の下の余分の肉は脂肪のかたまりになり、たるんだ腹はかなりの太鼓腹《たいこばら》になっている。だが、微笑は変わっていなかった。彼は橋本治子と並んで立っていたが、彼が実際にどんなに背が高く肩幅が広いにせよ、彼女をまるで小人のように見せていた。そして、カメラに向かって――つまりループに向かって――愛想よくにこにこしている。「ちくしょう」ぼくはつぶやいた。「同じ男だよ、これは」

「たしかに」

「彼はまだここにいるんだ」

「ここではないね、正確には」

「あなた自身が見つけたんだよ」

「ええ、そうだね、ブラッドリーさん。でも、そこは東京ではない」

ぼくはもっとじっくりと眺めた。微笑している男と治子はバルコニーと思われるところに立っていて、その手すりが二人の背後に見えている。下の通りの反対側にはきちんと刈りこまれた垣根があり、その向こうには濠《ほり》や石積みの塀、それに、高い屋根と装飾を凝らしたひさしのある、城か宮殿のように見える建物の一部が写っている。

「それは二条城だ」山沢が言った。「京都の」

「京都？」

「そう。昔の首都」

「この写真はそこで撮られたものに間違いない？」

「わたしは二年まえに休暇で息子を京都へ連れていった。たくさんの寺や神社を見物したが、そこのいわゆる鶯《うぐいす》張りの床のせいで、コウイチはとくに二条城が気に入った。どんなにそっと歩いても、床が鳴るんだ——侵入者を警告するための将軍家の古いトリックだよ。コウイチはそれがすごく気に入って、わたしに何枚も彼の写真を撮らせた。だから、二条城ははっきり憶えている。この写真は城を見下ろす誰かの部屋から撮影されたと思うね。光がちゃんとあたるようにループは陰に立っていたにちがいない。だから彼は部屋のなかにいて、二人はバルコニーに立ってるんだ」

「誰の住まいだろう？」

「明らかにハルコやループのではないな」

「この笑ってる男のだ」

「おそらく」

「兵士として日本に駐屯し、そのままここに住んでいる——またはここへ戻ってきた——六十代のアメリカ人」

「そう考えられる」

「もしかして、彼はハルコと彼女の母親をかくまってるかもしれないな。現在」

「その可能性はかなり高い」

「ええっと……どこの近くだっけ？」

「二条城。すごい目印だ」

「それに、この微笑している男は、彼自身がそのあたりでは目立つ存在だろう。ということは、彼を突きとめられるはずだ」

「あなたには充分チャンスがあると思うよ」

「しかも、わたしには選べるチャンスがいくつもあるわけじゃないからね。京都まではどれぐらい？」

「われわれの有名な新幹線で三時間足らず」

ぼくは椅子に深く体をあずけ、目の前の写真をぼんやり見つめた。チャンスは？　選択肢は？　どちらもたっぷりあるわけではなさそうだ。「じゃあ、新幹線に決めた」

ぼくの次の行動計画が決まると、二人ともすこし気持ちが楽になった。山沢は（ぼくは今ではトシと彼を呼んでいた。彼にブラッドリーさんという呼び方を変えさせることはできなかったが）、その夜は泊まっていくようにすすめてくれたが、時刻はすっかり遅くなっていたから、いずれにしてもそうするしかなかった。そのあと、彼はショーチューという強い酒の瓶をあけたが、夜が更けるにつれ、その酒は驚くほどわれわれをずたずたにしてしまった。

山沢はループのもう一枚の写真が、やはり京都で撮影されたものであることを確認した——治子が水路ぞいの美しい並木道（〝哲学の道〟と彼はそう呼んだ）を散歩している写真。ループが冷酷にもずっと騙していた魅力的な女性のこの写真やほかのすべてのスナップが、人間の人を騙す能力についての陰鬱な考察へとわれわれを導き、それがさらに山沢を、彼の結婚の失敗についての憂鬱な分析へと突き進ませた。これは外国人にしか話せないような、自分がひどく恥じていることなのだと彼は認めた。

しかし、それも寄り道でしかなかった。すべての会話は——われわれのろれつの回らない、とりとめのない話を会話と呼べるとして——他の人々にたいしては明らかにすごく不誠実なまねができる、われわれの誠実な友、ループへと戻っていくのだった。それを考えて苦しみ悩んだすえ、ついにぼくは山沢こそ真実を話すにふさわしい人物だと判断した。そこで真夜中ごろになって、とうとう橋本が死んだことを打ち明けた。

「あなたがやり合ってるのは危険な人々だよ、ブラッドリーさん」彼は長い沈黙のあとでそう言った。

「そうなんだよ、トシ、どんなに危険か知っていたら……」

「あなたはけっして巻きこまれなかった」

「そのとおりだ」

「それなら、知らなくてよかったよ」

「よかった？」

「そう。知っていれば、あなたは何もしなかっただろうから。あなたの友達に背を向けていただろうから。そうなると、その恥は——その屈辱は——これからの一生、あなたにつきまとったにちがいない」

「わたしはそれに耐えていけたよ」

「たしかに。しかしそんな生き方は」彼は厳《おごそ》かな顔つきでひとり頷いた。「一種の死だからね」

「わたしが心配してるのはべつの種類のことだよ」

「心配いらない」山沢はぼくににやりとした。「われわれの列車はいたって安全だ」


翌朝、窓から射しこむ陽光と、〝痛み〟という生やさしい言葉ではとうてい表現できないほどの頭痛で、山沢のごつごつした客用ふとんで目を覚ました。まるで脳の外科手術を受け、外科用メスを誤って小脳のなかに置きざりにされたような気分だった。山沢ならたぶん、ショーチューの二日酔いはいつもこんなふうだと話してくれただろうが、うちじゅうよろよろ捜したところ、彼は話せる状態ではないことが判明した。もう仕事に行ってしまっていて——ぼくにわかるかぎりでは、とっくの昔に——玄関ドアの内側にさよならの置き手紙が鋲《びょう》でとめつけてあった。

ブラッドリーさん
わたしは遅刻して、ペンバシーにこれ以上文句の種を与えるわけにはいきませんので、赤ん坊のように眠っているあなたを残していきます。(もちろん、赤ん坊に焼酎は飲ませないでしょうが) 京都行きの列車に乗るために東京駅へ行くもっとも簡単な方法は、地下鉄を利用することですが、あなたはきっと、べつの方法を好まれることでしょう。それなら、丘をくだって地元の駅へ行き、タクシーを利用してください。
倹約するために、タクシーに乗るのは新川崎駅までです。その駅は幹線にありますから、そこから地上を東京駅まで行けます。わたしの携帯に (ユリビアにではなく) 電話して、京都で起こったことを知らせてください。番号は〇九〇-五三七八-×××です。
幸運を祈ります。そしてよきご滞在を。
敏茂
追伸　朝食には何もありません。

(下巻につづく)

|著者|ロバート・ゴダード　1954年英国ハンプシャー生まれ。ケンブリッジ大学で歴史を学ぶ。公務員生活を経て、'86年のデビュー作『千尋の闇』が絶賛され、以後、現在と過去の謎を巧みに織りまぜ、心に響く愛と裏切りの物語を次々と世に問うベストセラー作家に。他の著書に『閉じられた環』『今ふたたびの海』(ともに講談社文庫)など。最新作Days without Numberも講談社文庫で刊行予定。

|訳者|加地美知子(かじ・みちこ)　1929年神戸市生まれ。同志社女子専門学校英語学科卒。訳書にゴダード『今ふたたびの海』、リンスコット『姿なき殺人』、ホワイト『サンセット・ブルヴァード殺人事件』(すべて講談社文庫)、ショー『殺人者にカーテンコールを』(新潮文庫)、ハイスミス『スモールgの夜』(扶桑社ミステリー)など。

秘《ひ》められた伝言《でんごん》(上)

ロバート・ゴダード|加地美知子《かじみちこ》 訳

講談社文庫

定価はカバーに
表示してあります

2003年9月15日第1刷発行

発行者——野間佐和子
発行所——株式会社 講談社
東京都文京区音羽2-12-21　〒112-8001
電話 出版部 (03) 5395-3510
販売部 (03) 5395-5817
業務部 (03) 5395-3615

デザイン—菊地信義
製版——豊国印刷株式会社
印刷——豊国印刷株式会社
製本——株式会社若林製本工場

Printed in Japan

落丁本・乱丁本は購入書店名を明記のうえ、小社書籍業務部あてにお送りください。送料は小社負担にてお取替えします。なお、この本の内容についてのお問い合わせは文庫出版部あてにお願いいたします。

ISBN4-06-273840-6

講談社文庫刊行の辞

二十一世紀の到来を目睫に望みながら、われわれはいま、人類史上かつて例を見ない巨大な転換期をむかえようとしている。

世界も、日本も、激動の予兆に対する期待とおののきを内に蔵して、未知の時代に歩み入ろうとしている。このときにあたり、創業の人野間清治の「ナショナル・エデュケイター」への志を現代に甦らせようと意図して、われわれはここに古今の文芸作品はいうまでもなく、ひろく人文・社会・自然の諸科学から東西の名著を網羅する、新しい綜合文庫の発刊を決意した。

激動の転換期はまた断絶の時代である。われわれは戦後二十五年間の出版文化のありかたへの深い反省をこめて、この断絶の時代にあえて人間的な持続を求めようとする。いたずらに浮薄な商業主義のあだ花を追い求めることなく、長期にわたって良書に生命をあたえようとつとめるところにしか、今後の出版文化の真の繁栄はあり得ないと信じるからである。

同時にわれわれはこの綜合文庫の刊行を通じて、人文・社会・自然の諸科学が、結局人間の学にほかならないことを立証しようと願っている。かつて知識とは、「汝自身を知る」ことにつきていた。現代社会の瑣末な情報の氾濫のなかから、力強い知識の源泉を掘り起し、技術文明のただなかに、生きた人間の姿を復活させること。それこそわれわれの切なる希求である。

われわれは権威に盲従せず、俗流に媚びることなく、渾然一体となって日本の「草の根」をかたちづくる若く新しい世代の人々に、心をこめてこの新しい綜合文庫をおくり届けたい。それは知識の泉であるとともに感受性のふるさとであり、もっとも有機的に組織され、社会に開かれた万人のための大学をめざしている。大方の支援と協力を衷心より切望してやまない。

一九七一年七月

野間省一